ARTURO PÉREZ-REVERTE

Limpieza de sangre

punto de lectura

Título: Limpieza de sangre
© 1997, Arturo Pérez-Reverte
© Santillana Ediciones Generales, S.L.
© De esta edición: mayo 2006, Punto de Lectura, S.L.
Torrelaguna, 60. 28043 Madrid (España) www.puntodelectura.com

ISBN: 84-663-1206-4
Depósito legal: B-36.231-2006
Impreso en España - Printed in Spain

Diseño de cubierta: Ordaks
Fotografía de cubierta: © José Haro. VEGAP, Madrid, 2006
Fotografía del autor: © Carmelo Rubio
Diseño de colección: Punto de Lectura

Impreso por Litografía Rosés, S.A.

Segunda edición: julio 2006

ARTURO PÉREZ-REVERTE

Limpieza de sangre

Las aventuras del capitán Alatriste

VOLUMEN II

*A Carlota, a quien no queda
sino batirse*

Hay blasones de prez en los cuarteles
del escudo; hay hidalgos, poetas, curas,
fabulosas Américas, meninas,

galeras que aprisionan los infieles,
horcas en los caminos, aventuras,
y estocadas en todas las esquinas.

TOMÁS BORRÁS
Castilla

Capítulo I

Un lance del señor de Quevedo

Aquel día corrieron toros en la plaza Mayor, pero al teniente de alguaciles Martín Saldaña se le aguó la fiesta. La mujer había aparecido estrangulada dentro de una silla de manos, ante la iglesia de San Ginés, con un bolsillo entre los dedos que contenía cincuenta escudos y una nota manuscrita, sin firma, con las palabras: *Para misas por su alma*. La había encontrado una beata madrugadora, que avisó al sacristán, y éste al párroco, quien tras una urgente absolución *sub conditione* dio cuenta a la Justicia. Cuando el teniente de alguaciles hizo acto de presencia en la plazuela de San Ginés, los vecinos y curiosos se arremolinaban ya en torno a la silla. Aquello se había convertido en una romería, de modo que fueron menester unos corchetes para mantener alejada a la gente mientras el juez y el escribano levantaban acta, y Martín Saldaña le echaba un vistazo tranquilo al cadáver.

Saldaña se desempeñaba en todo del modo más cachazudo del mundo, cual si tuviera siempre mucho tiempo por delante. Tal vez por su condición de antiguo soldado

—lo había sido en Flandes antes de que su mujer le consiguiera, decían, la vara de teniente—, el jefe de los alguaciles de Madrid solía tomarse las cosas del oficio con mucha flema, a un paso que cierto poeta satírico, el beneficiado Ruiz de Villaseca, había descrito en una décima envenenada como *paso de buey*, en clara alusión a su supuesta forma de tomar vara, o varas. De cualquier modo, si bien es cierto que Martín Saldaña resultaba lento para algunas cosas, no lo era en absoluto a la hora de servirse de la espada, la daga, el puñal o los pistolones bien cebados que solía cargar al cinto con amenazador tintineo de ferretería. El propio beneficiado Villaseca, a quien le habían abierto tres ojales de espada, a la puerta misma de su casa, la noche del tercer día después de difundirse en el mentidero de San Felipe la décima de marras, podía dar fe de ello en el purgatorio, el infierno, o donde diablos anduviese a tales alturas del negocio.

El caso es que del despacioso vistazo que el teniente de alguaciles le echó al cadáver, apenas salió nada. La muerta era madura, más cerca de cincuenta que de cuarenta, vestida con amplio sayal negro y tocas que le daban aspecto de dueña, o mujer de compañía. Llevaba un rosario en la faltriquera, con una llave y una arrugada estampa de la Virgen de Atocha, y al cuello una cadena de oro con la medalla de Santa Águeda; y sus facciones hacían pensar que en su juventud no fue moza mal favorecida. No había en ella más señales de violencia que el cordón de seda que aún ceñía su cuello, y la boca abierta en el rictus de la muerte. Por el color y rigidez se concluyó que había sido estrangulada la noche anterior, dentro de la misma silla de manos, antes de ser llevada a la iglesia. El detalle de la bolsa con dinero para misas por su alma indicaba un retorcido sentido del humor, o una gran caridad cristiana. A fin de cuentas, en aquella España oscura, violenta y contradictoria que fue la de nuestro católico rey don Felipe IV, donde disipados calaveras y crudos valentones pedían confesión a gritos tras recibir un pistoletazo o una estocada, no era singular vérselas con un asesino piadoso.

Martín Saldaña nos refirió el suceso por la tarde. O sería más exacto precisar que se lo comentó al capitán Alatriste cuando nos encontramos en la puerta de Guadalajara, viniendo nosotros con el gentío de la plaza Mayor, y Saldaña de terminar su averiguación sobre la mujer muerta, cuyo cadáver había quedado expuesto en Santa Cruz dentro de un ataúd de ahorcados, por si alguien lo identificaba. Lo comentó muy de paso, más interesado por la bravura de los toros corridos en la plaza que por el crimen que tenía entre manos; cosa lógica, si consideramos que en el peligroso Madrid de la época menudeaban los muertos callejeros, pero ya empezaban a escasear los buenos festejos de toros y cañas. Las cañas, una suerte de torneo a caballo entre cuadrillas de gentileshombres principales donde a veces participaba el rey nuestro señor, se habían amanerado entre lindos y pisaverdes, más pendientes de lazos, cintas y damas que de romperse la crisma como Dios manda; y ya no eran, ni de lejos, lo que en tiempos del guerrear entre moros y cristianos, o incluso aún en vida del abuelo de nuestro joven monarca, el gran Felipe II. En cuanto a los toros, ésa continuaba siendo otra gran afición del pueblo español en aquel primer tercio del siglo. De los más de setenta mil habitantes de Madrid, las dos terceras partes acudían a la plaza Mayor cada vez que se lidiaban cornúpetas, celebrándose el valor y destreza de los caballeros que se enfrentaban a los animales. Porque en aquel tiempo, hidalgos, grandes de España y hasta personas de sangre real no tenían reparos en salir a la plaza, jinetes en sus mejores corceles, para quebrarle el rejón en la cruz a un jarameño o matarlo pie a tierra, con la espada, entre los aplausos del entusiasmado gentío, que igual se cobijaba bajo los arcos de la plaza, en caso del vulgo, que en balcones alquilados hasta a veinticinco y cincuenta escudos por cortesanos, nuncio y embajadores extranjeros. Aquellos lances eran celebrados luego en coplas y versos; tanto los gallardos, que los había numerosos, como los graciosos y grotescos, que tampoco escaseaban y eran materia a la que los ingenios de la Corte no tardaban en sacar punta. Como cuando un toro perseguía a un alguacil —la Justicia no gozaba entonces, como tampoco ahora, de gran favor popular— y todo el público se ponía de parte del toro:

> *El astado hubo razón*
> *de encorrer al alguacil.*
> *De cuatro cuernos, allí*
> *sobraban lo menos dos.*

O en otro orden de cosas, cierta ocasión en que el almirante de Castilla, lidiando a caballo un morlaco, hirió por accidente con su rejón al conde de Cabra. Ello hizo que al día siguiente corrieran estos celebrados versos por los más zumbones mentideros de Madrid:

Más de mil torearon de palabra,
y el Almirante, el único, el primero,
poniéndole un rejón a un pasajero,
entendió que era toro, y era Cabra.

Se comprende pues, volviendo ya a nuestro domingo de la mujer muerta, a Martín Saldaña y a su viejo amigo Diego Alatriste, que el primero pusiese al segundo al tanto de la causa que le había impedido ir a los toros y que, a cambio, éste relatase a aquél los pormenores de la lidia, que habían presenciado sus majestades los reyes desde el balcón de la Casa de la Panadería, y el capitán y yo entre el público llano, comiendo piñones y altramuces a la sombra del portal de Pañeros. Los toros habían sido cuatro y de regular bravura; y tanto el conde de Puñoenrostro como el de Guadalmedina se lucieron quebrando rejones. Al de Guadalmedina un jarameño le había matado el caballo; y el conde, muy gentilhombre y valiente, había tirado de herreruza pie a tierra, desjarretando al cornúpeta antes de matarlo de dos buenas estocadas; lo que le había valido aleteo de abanicos de las damas, aprobación del rey y una sonrisa de la reina. Que según se decía lo miraba mucho, pues Guadalmedina era gallardo y de buen talle. La nota pintoresca la puso el último toro, al embestir a la guardia real. Porque sepan vuestras mercedes que las tres guardias, española, tudesca y de arqueros, formaban al pie del palco real con sus alabardas, apiñándose en una barrera que tenían prohibido deshacer, incluso aunque el toro se les acercara con las intenciones del turco. Esta vez el animal se había arrimado más de la cuenta, y dándosele un ceutí las alabardas, llevóse a pasear por la plaza, clavado en un pitón, a uno de los guardias tudescos, grande y rubio, que había echado fuera el mondongo entre muchos *Himmel* y *Mein Gott*, y a quien hubo que sacramentar de urgencia en la plaza misma.

—Se pisaba las tripas como aquel alférez de Ostende —concluyó Diego Alatriste—. ¿Recuerdas? El del quinto asalto al reducto del Caballo… Ortiz, o Ruiz, se llamaba. Algo así.

Martín Saldaña asintió, acariciándose la barba entrecana, de soldado viejo, que llevaba para taparse el tajo que había recibido en la cara veinte años atrás, hacia el tercero o cuarto del siglo, precisamente durante aquel asalto a las murallas de Ostende. Habían salido de las trincheras al romper el alba, Saldaña, Diego Alatriste y quinientos hombres más entre los que también se contaba Lope Balboa, mi padre; y después corrieron terraplén arriba con el capitán don Tomás de la Cuesta a la cabeza, y la bandera con la cruz de San Andrés llevada por ese alférez, Ortiz, Ruiz o como diablos se llamara, y habían tomado al arma blanca las primeras trincheras holandesas antes de trepar por el parapeto mientras el enemigo les tiraba encima de todo, y luego pasaron casi media hora acuchillándose en la muralla entre mosquetazo va y mosquetazo viene, y allí fue cuando a Martín Saldaña le dieron el tajo en la cara y a Diego Alatriste otro sobre la ceja izquierda, y al alférez Ortiz, o Ruiz, una escopetada a bocajarro que le dejó el mondongo fuera y arrastrando por el suelo mientras corría para salirse de la pelea intentando sujetárselo con las manos, pero no pudo porque lo remataron en seguida de otro tiro en la cabeza. Y cuando el capitán de la Cuesta, ensangrentado como un Eccehomo porque también llevaba encima lo suyo, dijo aquello de «señores, hemos hecho lo que podíamos, pies en polvorosa y los que aún puedan que pongan a salvo el pellejo», mi padre y otro soldado aragonés pequeñito y duro, un tal Sebastián Copons, habían ayudado a Saldaña y a Diego Alatriste a ganar de nuevo las trincheras españolas, con todos los holandeses del mundo arcabuceándolos desde las murallas mientras corrían de vuelta, blasfemando de Dios y de la Virgen o encomendándose a ellos, que en tales casos era todo uno. Y todavía alguien tuvo tiempo y asaduras para traerse la bandera del pobre Ortiz, o Ruiz, en vez de dejarla en el baluarte hereje con su cadáver y los de doscientos camaradas que ya no iban a ir ni a Ostende, ni a las trincheras, ni a ninguna parte.

—Ortiz, me parece —concluyó por fin Saldaña.

Lo habían vengado bien cosa de un año más tarde, al alférez y a los otros doscientos, y a los que dejaron la piel antes y en los asaltos siguientes al reducto holandés del Caballo, cuando por fin, al octavo o noveno intento, Saldaña, Alatriste, Copons, mi padre y los otros veteranos del Tercio Viejo de Cartagena lograron meterse dentro de la muralla a puros huevos y los holandeses empezaron a decir *srinden, srinden*, que me parece significa amigos, o camaradas, y aquello de *veijiven ons over* o algo parecido, o sea, nos rendimos. Y fue entonces cuando el capitán de la Cuesta, que andaba fatal de lenguas extranjeras pero tenía una memoria estupenda, dijo aquello de «ni srinden, ni veijiven, ni la puta que los parió, sin cuartel, señores, acordaos, ni un hereje vivo en este reducto», y cuando Diego Alatriste y los otros izaron por fin la vieja y agujereada cruz de San Andrés sobre el baluarte, la misma que había llevado el pobre Ortiz antes de cascar pisándose las tripas, la sangre holandesa les chorreaba por las hojas de las dagas y las espadas, hasta los codos.

—Me han dicho que vuelves allá arriba —dijo Saldaña.

—Puede ser.

Aunque yo estaba aún deslumbrado por los toros, y se me iban los ojos tras la gente que salía de la plaza y caminaba por la calle Mayor, las damas y los caballeros que ordenaban «daca el coche» y subían a sus carruajes, los gentileshombres a caballo y los elegantes que iban hacia San Felipe o las losas de Palacio, presté gran atención a las palabras del teniente de alguaciles. En aquel año de mil seiscientos y veintitrés, segundo del reinado de nuestro joven rey don Felipe, la reanudación de la guerra en Flandes reclamaba más dinero, más tercios y más hombres. El general don Ambrosio Spínola reclutaba soldados en toda Europa, y centenares de veteranos acudían a alistarse bajo las viejas banderas. El Tercio de Cartagena, diezmado en Jülich cuando la muerte de mi padre y aniquilado un año más tarde en Fleurus, estaba siendo reconstituido y pronto saldría por el Camino Español, para incorporarse al asedio de la plaza fuerte de Breda, o Bredá, como decíamos entonces. Aunque su herida de Fleurus seguía sin cicatrizar del todo, yo estaba al corriente de que Diego Alatriste había entrado en contacto con los antiguos camaradas a fin de preparar su vuelta a filas. En los últimos tiempos, pese a su modesta condición de espadachín a sueldo, o precisamente a causa de ello, el capitán se había hecho enemigos poderosos en la Corte. No era descabellado, durante algún tiempo, poner tierra de por medio.

—Quizá sea mejor así —Saldaña miraba a Alatriste con intención—. Madrid se ha vuelto peligroso... ¿Te llevas al chico?

Caminábamos entre la gente, junto a las tiendas cerradas de los plateros, en dirección a la puerta del Sol. El capitán me dirigió una breve mirada y luego hizo un gesto ambiguo.

—Tal vez sea demasiado joven —dijo.

Tras la barba del teniente de alguaciles amagó una sonrisa. Me había puesto una mano ancha y recia en la cabeza mientras yo admiraba las culatas de las relucientes pistolas que cargaba al cinto, con la daga y la espada de ancha cazoleta alrededor del coleto de ante, idóneo para protegerse el torso de eventuales cuchilladas propias de su oficio. Esa mano, pensé, también estrechó alguna vez la de mi padre.

—No tan joven para algunas cosas, creo —la sonrisa de Saldaña se agrandó, entre divertida y malévola; estaba al tanto de mis correrías cuando la aventura de los dos ingleses—. De todas formas, tú te alistaste a su edad.

Y era cierto. Hacía un cuarto de siglo largo, segundón de una familia de hidalgos labriegos, con trece años y apenas aprendidas las cuatro reglas, escritura y un poco de latín, Diego Alatriste había escapado de la escuela y de su casa. De ese modo llegó a Madrid con un amigo y pudo alistarse, mintiendo sobre su edad, como paje tambor en uno de los tercios que salían para Flandes con el infante cardenal Alberto.

—Eran otros tiempos —repuso el capitán.

Se había apartado para ceder el paso a unas damas, dos mujeres jóvenes con aire de tusonas de lujo a quienes escoltaban sus galanes. Saldaña, que parecía conocerlas, se quitó el sombrero no sin cierta sorna, lo que dio lugar a la mirada furibunda de uno de los pisaverdes. Mirada que se esfumó como por ensalmo al advertir todo el hierro que el teniente de alguaciles llevaba encima.

—En eso tienes razón —dijo Saldaña, evocador—. Eran otros tiempos, y otros hombres.

—Y otros reyes.

El teniente de alguaciles, que seguía con la vista a las mujeres, se volvió a Alatriste con ligero sobresalto y luego echóme un vistazo de soslayo.

—Vamos, Diego, no hables así delante del chico —miró a uno y otro lado de la calle, incómodo—. Y no me comprometas, voto a Cristo. Recuerda que soy Justicia.

—No te comprometo. Nunca he faltado a mi rey, sea el que sea. Pero he servido a tres, y te digo que hay reyes, y reyes.

Saldaña se mesó la barba.

—Vive Dios.

—Viva Dios o quien te plazca.

El teniente de alguaciles me echó otra mirada inquieta antes de volverse de nuevo a Alatriste. Observé que, por instinto, había apoyado una mano en el pomo de la espada.

—No me estarás buscando querella, ¿verdad, Diego?

El capitán no respondió. Sus ojos claros sostenían la mirada del otro, impávidos bajo el ala ancha del sombrero. Saldaña, que se había erguido un poco pues era fornido y recio, pero de menos estatura, estaba detenido ante él y veíanse frente a frente, con sus rostros curtidos de viejos soldados, cubiertos de finas arrugas y cicatrices, muy cerca uno del otro. Algunos transeúntes los miraron con curiosidad. En aquella España turbulenta, arruinada y orgullosa —en verdad era el orgullo lo único que nos iba quedando en el bolsillo—, nadie recogía una palabra lanzada a la ligera, e incluso amigos íntimos eran capaces de acuchillarse por una mala palabra o un mentís:

> *Habló, pasó, miró, dijo atrevido*
> *alguna cosa en diferente parte,*
> *descubierto galán o rebozado,*
> *y en un instante fue campaña el prado.*

Sólo tres días antes, en plena rúa del Prado, un cochero del marqués de Novoa había dado seis puñaladas a su amo por llamarlo villano; y tales lances por un quítame allá esas pajas eran moneda corriente. Así que, por un instante, creí que Saldaña iba a meter mano a la blanca y a darse ambos de estocadas en plena calle. Mas no hubo tal. Pues si bien es verdad que el teniente de alguaciles era muy capaz —ya lo había probado antes— de poner en galeras al amigo e incluso volarle la cabeza en el ejercicio de su autoridad, no es menos cierto que nunca se habría amparado en su vara de justicia contra Diego Alatriste por cuestiones personales. Esa retorcida ética era muy de la época entre la gente del bronce, y yo mismo, que frecuenté tales ambientes en mi juventud y el resto de mi vida, doy fe de que en los más desalmados malandrines, pícaros, soldados y chusma a sueldo, advertí más respeto a ciertos códigos y reglas no escritas que en gente de condición supuestamente honorable. Martín Saldaña era hombre de esa casta, y los dimes y diretes propios los resolvía tirando de herreruza de tú a tú, sin escudarse en la autoridad del rey ni en zarandaja alguna. Pero, gracias a Dios, todo se había dicho en voz queda, y no mediaban desaire público ni afrenta irreparable para la vieja amistad, áspera y bronca, que había entre los dos veteranos. De cualquier modo, la calle Mayor después de una fiesta de toros, con todo Madrid haciendo la rúa en ella, no era sitio para trabarse de palabras, ni de aceros, ni de nada. Así que, al cabo, Saldaña dejó salir el aire del pecho con un ronco suspiro. De pronto parecía relajado, y en su mirada oscura, aún enfrentada a la del capitán Alatriste, parecióme advertir una chispa de sonrisa.

—Un día te van a matar, Diego.

—Puede ser. Y a lo mejor tienes que hacerlo tú.

Ahora era Alatriste quien sonreía bajo su tupido mostacho de soldado. Vi que Saldaña movía la cabeza con cómico desaliento.

—Más vale —dijo— que cambiemos de conversación.

Había alzado un poco una mano; un gesto breve, casi torpe, al tiempo rudo y amistoso, para rozar un instante el hombro del capitán.

—Anda. Invítame a un trago.

Y eso fue todo. A los pocos pasos nos detuvimos en la taberna de los Herradores, que estaba llena como siempre de lacayos, escuderos, esportilleros y viejas dispuestas a alquilarse como dueñas, madres o tías. Una moza puso sobre la mesa manchada de vino dos jarras de valdemoro, que Alatriste y el teniente de alguaciles despacharon por la posta, pues echar verbos habíales espoleado la sed. Yo, que aún no había cumplido catorce años, tuve que conformarme con un vaso de agua de la tinaja, ya que el capitán no me permitía probar el vino salvo en las sopas de pan que solíamos tomar como desayuno —no siempre había para chocolate—, o cuando me veía mal de salud, para que recobrase el color. Aunque Caridad la Lebrijana, a escondidas, me regalara con rebanadas de pan untadas con vino y azúcar, a las que cuando jovencito, y a falta de sonsoniche para comprar dulces, yo era aficionado. Respecto al vino, decía el capitán que ya tendría tiempo en la vida de beber hasta reventar, si lo quisiera, y que para eso nunca se le hacía demasiado tarde a un hombre; añadiendo que no poca gente cabal de la que había conocido terminó perdida por el zumo de Baco —todo esto lo contaba muy poco a poco, pues creo haberles referido ya que Diego Alatriste no era hombre de muchas palabras, y a menudo decía más con los silencios que en voz alta—. Lo cierto es que después, cuando también fui soldado y fui otras cosas, bebí alguna vez en demasía. Pero es verdad que siempre anduve morigerado en ese vicio, que en mí nunca fue tal —otros peores tuve—, sino estímulo y diversión pasajera. Y pienso que al capitán Alatriste tal moderación le debo, aunque en esa homilía nunca predicase con el ejemplo. Por el contrario, recuerdo bien sus largas y calladas borracheras. A diferencia de otros hombres, no trasegaba mucho cuando estaba acompañado, ni era la alegría lo que lo empujaba al azumbre. Su forma de beber era tranquila, deliberada y melancólica; y cuando el vino empezaba a hacerle efecto cerraba la boca y rehuía la presencia de sus amigos. En realidad, cada vez que pienso en él ebrio lo recuerdo solo, en nuestra pequeña casa de la calle del Arcabuz, en la corrala que daba a la trasera de la taberna del Turco, inmóvil ante el vaso, la jarra o la botella; los ojos fijos en la pared de la que colgaban su espada, su daga y su sombrero, cual si contemplara imágenes que sólo él y su silencio obstinado podían evocar. Y por la forma en que luego crispaba la boca bajo el bigote de veterano, me atrevería a jurar que aquellas imágenes no eran de las que un hombre contempla o revive con agrado. Si es cierto que cada cual arrastra sus fantasmas, los de Diego Alatriste y Tenorio no eran serviciales, ni amables, ni tampoco grata compaña. Pero, como le oí decir alguna vez encogiendo los hombros con aquel ademán singular, tan suyo, que parecía hecho a medias de resignación e indiferencia: cualquier hombre cabal puede escoger la forma y el lugar donde morir, pero nadie elige las cosas que recuerda.

El mentidero de San Felipe estaba en todo lo suyo. Las escaleras y la terraza de la iglesia frontera a la calle Mayor eran un hervidero de gente que charlaba en corros, paseaba saludando a los conocidos, o iba a acodarse en el antepecho de las famosas gradas para observar los coches y a los paseantes que hacían la rúa. Fue allí donde Martín Saldaña se despidió de nosotros; mas no estuvimos mucho tiempo solos, pues a poco dimos con el Tuerto Fadrique, boticario de Puerta Cerrada, y con el Dómine Pérez, que también llegaban de ver los toros celebrándolos mucho. Precisamente era el Dómine quien, por caerle más cerca, había salido a sacramentar al guardia tudesco que el jarameño había dejado listo de papeles. Comentaba el jesuita los pormenores del caso, señalando que la reina, por joven y francesa, se había demudado en su palco, mientras el rey nuestro señor le tomaba una mano, galante, para confortarla. De cualquier modo, la reina había permanecido en la Casa de la Panadería en vez de retirarse como muchos esperaban que hiciera; y el gesto fue tan apreciado por el público que, cuando los reyes se levantaron, terminado el espectáculo, les brindó una cariñosa ovación a la que el cuarto Felipe, joven y gentilhombre como era, correspondió descubriéndose un instante.

Ya referí en otra ocasión a vuestras mercedes que, en aquel primer tercio del siglo, el pueblo de Madrid conservaba aún, pese a su picaresca natural y su malicia, una cierta ingenuidad para esa clase de gestos en las personas reales. Ingenuidad que el tiempo y los desastres se encargarían de sustituir por desilusión, rencor y vergüenza. Pero en los años de esta historia nuestro monarca era mozo; y España, aunque ya corrompida y con llagas de muerte en el corazón, conservaba la apariencia, el relumbre y las maneras. Todavía éramos algo, y aún lo seguimos siendo cierto tiempo, hasta quedar exangües del último soldado y el último maravedí. Holanda nos odiaba, Inglaterra nos temía, el turco se andaba con pies de plomo, la Francia de Richelieu rechinaba los dientes, el Santo Padre recibía con mucho tiento a nuestros graves embajadores vestidos de negro, y toda Europa temblaba al paso de los viejos tercios —que aún eran la mejor infantería del mundo—, como si en las cajas de sus tambores redoblara el mismo diablo. Y yo, que viví tales años y los que vinieron después, juro a vuestras mercedes que en aquel siglo éramos todavía lo que nadie fue jamás. Y cuando por fin se puso el sol que había alumbrado Tenochtitlán, Pavía, San Quintín, Lepanto y Breda, el ocaso se tiñó de rojo con nuestra sangre, pero también con la de nuestros enemigos; como el día, en Rocroi, que dejé en un francés la daga del capitán Alatriste. Convendrán vuestras mercedes en que todo ese esfuerzo y ese coraje debíamos haberlo dedicado los españoles a construir un lugar decente, en vez de malgastarlo en guerras absurdas, picaresca, corrupción, quimeras y agua bendita. Y es muy cierto. Pero yo cuento lo que hubo. Y además, no todos los pueblos son igual de razonables para elegir su conveniencia o su destino, ni igual de cínicos para justificarse después ante la Historia o ante sí mismos. En cuanto a nosotros, fuimos hombres de nuestro siglo: no escogimos nacer y vivir en aquella España, a menudo miserable y a veces magnífica, que nos tocó en suerte; pero fue la nuestra. Y ésa es la infeliz patria —o como diablos la llamen ahora— que, me guste o no, llevo en la piel, en los ojos cansados y en la memoria.

Es en esa memoria donde veo, como si fuera ayer, a don Francisco de Quevedo al pie de las gradas de San Felipe. Vestía como siempre de negro riguroso, salvo la golilla blanca almidonada y la cruz roja del hábito de Santiago sobre el jubón, al lado izquierdo del pecho; y aunque la tarde era soleada, llevaba sobre los hombros la larga capa que utilizaba para disimular su cojera: una capa oscura cuyo paño se alzaba por detrás, sobre la vaina de la espada en cuya empuñadura apoyaba la mano con descuido. Conversaba con unos conocidos sombrero en mano, y el lebrel de una dama se movía cerca, llegando a rozarle la diestra enguantada. La dama se encontraba junto al estribo de un coche, en conversación con un par de caballeros, y era linda. Y en una de las idas y venidas del lebrel, don Francisco acarició la cabeza del animal, dirigiéndole al mismo tiempo una rápida y cortés mirada a la dueña. El lebrel acudió a ella como mensajero de la caricia, y la dama recompensó el gesto con una sonrisa y un movimiento del abanico, recibidos por don Francisco con una leve inclinación de cabeza y dos dedos, pulgar e índice, retorciéndose el enhiesto mostacho. Poeta, espadachín y celebradísimo ingenio de la Corte, don Francisco era también, en los años de vigor en que lo conocí como amigo del capitán Alatriste, hombre galante que gozaba de predicamento entre las damas. Estoico, lúcido, mordaz, valiente, gallardo incluso en su cojera, hombre de bien pese al mal carácter, generoso con sus amigos e implacable con sus enemigos, lo mismo despachaba a un adversario con dos cuartetas que de una estocada en la cuesta de la Vega, enamoraba a una dama con un detalle gentil y un soneto, o sabía rodearse de filósofos, doctores y sabios que buscaban sus amenos conceptos y su compañía. Y hasta el buen don Miguel de Cervantes, el más grande ingenio de todos los tiempos por más que las píen los ingleses herejes con su Shakespeare, el Cervantes inmortal que ya Dios tenía sentado a su diestra —puso pie en el estribo y dio el alma a quien se la dio, yéndose a la gloria sólo siete años antes de lo que refiero—, había mencionado a don Francisco como excelente poeta y cumplido caballero en aquellos celebrados versos:

Es el flagelo de poetas memos,
y echará a puntillazos del Parnaso
los malos que esperamos y tememos.

El caso es que aquella tarde el señor de Quevedo estaba, como solía, en las gradas de San Felipe mientras Madrid hacía la rúa de la calle Mayor, tras los toros —de los que por cierto no gustaba mucho—; y al ver aparecer al capitán Alatriste, que paseaba con el Dómine Pérez, el Tuerto Fadrique y conmigo, despidió a sus acompañantes con mucha política. Estaba yo lejos de sospechar hasta qué punto aquel encuentro iba a complicarnos la vida, poniendo en peligro la de todos y en particular la mía, y cómo el Destino se complace en trazar extrañas combinaciones con los hombres, sus trabajos y sus peligros. Si aquella tarde, mientras don Francisco se nos acercaba con su habitual gesto afable, alguien hubiera dicho que el enigma de la mujer que había aparecido muerta por la mañana iba a tener algo que ver con nosotros, la sonrisa con que el capitán Alatriste saludó al poeta se habría helado en sus labios. Pero nunca se sabe qué van a apuntar los dados, y éstos siempre empiezan a rodar antes de que uno mismo lo advierta.

—He de pediros un favor —dijo don Francisco.

Entre el señor de Quevedo y el capitán Alatriste tales palabras eran puro trámite; y eso quedó claro en la mirada, casi un reproche, que el capitán le dirigió al oír aquello. Nos habíamos despedido del jesuita y el boticario, y caminábamos ahora junto a los toldos de los tenderetes que había alrededor de la fuente del Buen Suceso, en la puerta del Sol, en cuyo pretil se sentaban los ociosos a escuchar el rumor del agua o a mirar la fachada de la iglesia y el hospital Real. Caminaban delante de mí, el uno junto al otro, y recuerdo el oscuro indumento del poeta, capa terciada al brazo, junto al sobrio jubón pardo, la breve valona, las calzas atacadas y el cinto con espada y daga del capitán, moviéndose ambos entre la gente, a la luz incierta del crepúsculo.

—Harto obligado os estoy, don Francisco, para que me doréis la píldora —dijo Alatriste—. Así que pase vuestra merced directamente al segundo acto.

Sonó la risa queda del poeta. Poco tiempo atrás, a unos pasos de allí y precisamente durante el segundo acto de una comedia de Lope, el capitán se había visto socorrido por don Francisco en el transcurso de un feo lance, lloviendo mojadas como granizo, cuando la aventura de los dos ingleses.

—Hay unos amigos —dijo don Francisco—. Gente a la que aprecio. Y quieren hablar con vos.

Se había vuelto a comprobar si yo escuchaba la conversación; mas pareció tranquilizarse al ver que mi mirada erraba por la plaza. Sin embargo, yo estaba atento a sus palabras. En aquel Madrid y aquella España, un mozo despierto maduraba aprisa; y, pese a mis pocos años, había maliciado ya que atender a todo no hace daño, sino al contrario. En la vida lo malo no es conocer, sino mostrar que se conoce. Tan peligroso resulta ser poco discreto revelando que uno sabe de más, como caer en la simpleza de saber de menos. Siempre es bueno prevenir la música antes de que empiece el baile.

—Eso suena a lance de trabajo —estaba diciendo el capitán.

Era un eufemismo, por supuesto. En el oficio de Diego Alatriste, los lances de trabajo solían darse en callejones oscuros, a tanto la estocada. Un tajo en la cara, desorejar a un acreedor o al galán de la legítima, un pistoletazo a bocajarro o un palmo de toledana en la garganta, todo estaba tarifado y en debida regla. En aquella misma plaza podía encontrarse al menos una docena de profesionales con quienes arreglar ese tipo de tratos.

—Sí —asentía el poeta, ajustándose los anteojos—. Y lance bien pagado, por cierto.

Diego Alatriste miró largamente a su interlocutor. Durante unos instantes observé su perfil aguileño bajo el ala ancha del sombrero donde destacaba la única nota de color que llevaba encima, una ajada pluma roja.

—Está visto que hoy os complacéis en fastidiarme, don Francisco —dijo al cabo—… ¿Pretendéis que yo cobre un servicio hecho a vuestra merced?

—No se trata de mí. Es un padre y dos hijos mozos, y tienen un problema. Han pedido mi consejo.

En lo alto de la fuente de lapislázuli y alabastro, la Mariblanca nos miraba pasar mientras a sus pies canturreaba el agua en los caños. Languidecía la última luz. Soldados y valentones de aspecto terrible, con bigotazos, espadones y manera de pararse con las piernas abiertas, muy a lo bravo, charlaban en grupos junto a los portales cerrados de las tiendas de sedas, paños y libros, o tomaban algo en los míseros bodegones de puntapié que había instalados en los tenderetes de la plaza, por donde hormigueaban ciegos, mendigos y meretrices de medio manto. Algunos de los soldados eran conocidos de Alatriste; lo saludaron desde lejos, y éste respondió, el aire distraído, tocándose brevemente el ala del chapeo.

—¿Estáis vos en el asunto? —preguntó.

Don Francisco hizo un gesto ambiguo.

—Sólo en parte. Pero, por razones que pronto comprenderéis, debo ir hasta el final.

Nos cruzamos con más valentones de enhiestos mostachos y mirar zaino que deambulaban ante el atrio enrejado del Buen Suceso. El lugar y la próxima calle de la Montera eran frecuentados por gente de armas y matasietes, menudeaban las querellas, y la verja de la iglesia se cerraba para impedir que, tras intercambios de estocadas, los fugitivos se acogiesen allí a sagrado para sustraerse a la Justicia; lo que motejaban con el eufemismo de retraerse, y también decían llamarse a antana, o altana.

—¿Peligroso?

—Mucho.

—Habrá que batirse, imagino.

—Espero que no. Pero hay riesgos mayores que una simple cuchillada.

El capitán anduvo unos pasos mirando en silencio el chapitel del convento de la Victoria, que se alzaba tras las estrechas casas del extremo de la plaza, en el arranque de la carrera de San Jerónimo. Resultaba imposible andar por aquella ciudad sin toparse con una iglesia.

—¿Y por qué yo? —preguntó al fin.

Don Francisco se rió otra vez quedo, como antes.

—Pardiez —dijo—. Porque sois mi amigo. Y también de los que cantan fatal con instrumento de cuerda, por mucho que se esmeren verdugo, relator y escribano.

El capitán se pasó, pensativo, un par de dedos por encima de la valona.

—Un lance bien pagado, habéis dicho.

—Eso es.

—¿Por vuestra merced?

—Qué más quisiera. Yo no tengo otro medio de lucir si no es quemándome.

Alatriste siguió tocándose la garganta.

—Cada vez que me proponen un lance bien pagado es para que meta el cuello en la soga del verdugo.

—También éste es el caso —admitió el poeta.

—Por Cristo, que es divertido medro el que ofrecéis.

—Mentiros sería una felonía.

El capitán miró a Quevedo con mucha sorna.

—¿Y cómo andáis en tales cuitas, don Francisco?… Justo ahora que os vuelve el favor del rey, tras vuestra larga desgracia con el duque de Osuna…

—Ahí está justo el *quid*, amigo mío —se lamentó el poeta—. Maldita la gracia que tiene andar en tan malos tragos. Pero hay compromisos y hay casos… Mi honor está en juego.

—Y vuestra cabeza, decís.

Ahora fue don Francisco quien miró con guasona intención a Diego Alatriste.

—Y la de vuestra merced, capitán, si decidís acompañarme en esto.

El *si decidís* era superfluo, y ambos los sabían. Aun así, el capitán mantuvo la sonrisa pensativa que tenía en la boca, miró a uno y otro lado, esquivó un montón de desperdicios que apestaba en el suelo, saludó distraído a una mujer descotada en exceso que le guiñó un ojo desde el tablado de un bodegón, y terminó por encoger los hombros.

—¿Y por qué he de hacerlo?… Mi viejo tercio sale para Flandes dentro de poco, y estoy pensando muy por lo menudo en mudar de aires.

—¿Por qué debéis hacerlo? —don Francisco se acariciaba bigote y perilla, reflexivo—… Pues a fe que no lo sé. Tal vez porque cuando un amigo está en apuros, no queda sino batirnos.

—¿Batirnos?… Hace un momento habéis manifestado vuestra confianza en que no haya refriega.

Se había vuelto a mirarlo con atención. El cielo oscurecía ya sobre Madrid, y las primeras sombras venían a nuestro encuentro desde las míseras callejas que daban a la plaza. Empezaban a desdibujarse los contornos de las cosas y las facciones de los transeúntes. Alguien encendió un farol en uno de los tenderetes. La luz se reflejó en los lentes de don Francisco, bajo el fieltro del sombrero.

—Y es cierto —dijo el poeta—. Pero si algo sale mal, no son precisamente estocadas lo que van a faltar en este negocio.

Rió, siempre en tono quedo, con muy escaso humor. Y al cabo oí también la misma risa del capitán Alatriste. Después de aquello, ninguno de los dos volvió a decir una palabra. Y yo, admirado por lo que oía, con la excitación de quien se sabe guiado hacia nuevos azares y peligros, seguí caminando en pos de sus siluetas oscuras y silenciosas. Después se despidió don Francisco, y el capitán Alatriste se quedó un rato solo, inmóvil y callado en la penumbra, sin que yo me atreviese a acercarme ni decir palabra. Y estuvo así, como si hubiera olvidado mi presencia, hasta que en la iglesia de la Victoria sonaron nueve campanadas.

Capítulo II

El cuello y la soga

Llegaron al día siguiente por la mañana. Oí crujir sus pasos en la escalera de la corrala, y cuando fui a abrir la puerta el capitán ya estaba en ella, en mangas de camisa y muy serio. Observé que durante la noche había estado limpiando sus pistolas y que una se hallaba cebada y a punto sobre la mesa, cerca de la viga donde, colgado de un clavo, pendía su cinto con la espada y la daga.

—Vete a dar una vuelta, Íñigo.

Obedecí, saliendo al zaguán, y allí me crucé con don Francisco de Quevedo, que subía los últimos peldaños acompañado por tres caballeros, mas con aire de no conocerlos. Advertí que no habían utilizado la puerta de la calle del Arcabuz, sino la que comunicaba nuestra corrala con la taberna de Caridad la Lebrijana y daba a la calle de Toledo, más frecuentada y, por tanto, más discreta. Don Francisco me dio un cachete cariñoso antes de entrar en la casa, y yo me fui por la galería no sin echar un vistazo a sus acompañantes. Uno era hombre de edad, con abundantes canas; y los otros, dos jóvenes de dieciocho a veintitantos años, buenos mozos y de cierto parecido, cual si fueran hermanos, o parientes. Los tres vestían ropas de viaje y tenían aspecto forastero.

Juro a vuestras mercedes que siempre fui bien nacido y discreto. Ni soy fisgón, ni lo era entonces. Pero el mundo, a los trece años, es un espectáculo fascinante del que cualquier muchacho ansía no perderse detalle; y a eso hemos de añadir las palabras cazadas al vuelo la tarde anterior entre el señor de Quevedo y el capitán Alatriste. De modo que, en honor a la verdad de cuanto refiero, debo confesar que rodeé la galería de la corrala, me icé hasta el tejado con la agilidad de mi extrema juventud, y, tras deslizarme por un alero hasta la ventana, volví a entrar en la casa con mucho tiento, agazapándome en mi cuarto; pegado a la pared en el hueco de una alacena, junto a cierta rendija desde la que podía ver y escuchar cuanto ocurría al lado. Procurando no hacer ruido, y dispuesto a no perderme detalle de aquel episodio en el que, según palabras del propio don Francisco, tanto Diego Alatriste como él se jugaban la cabeza. Lo que ignoraba, pardiez, era hasta qué punto estaba yo en un tris de perder la mía.

—Asaltar un convento —resumía el capitán— tiene pena de vida.

Don Francisco de Quevedo asintió en silencio y no dijo nada. Desde que hizo las presentaciones se mantenía al margen, dejando hablar a los visitantes. De éstos era el hombre de más edad quien había llevado la conversación. Estaba sentado junto a la mesa, sobre la que se hallaban su sombrero, una jarra de vino que nadie había tocado y la pistola del capitán. Y fue ese caballero quien habló de nuevo:

—El peligro es cierto —dijo—. Pero no hay otro medio de rescatar a mi hija.

Había querido decir su nombre al presentarlo don Francisco, aunque Diego Alatriste insistiese en que no era necesario. Se llamaba don Vicente de la Cruz y era un viejo caballero valenciano de paso en la Corte, flaco, con el pelo y la barba blancos. Debía de superar los sesenta años, pero aún gozaba de miembros vigorosos y recio andar. Sus hijos le eran muy semejantes de facciones, aunque el mayor apenas frisaba los veinticinco. Se llamaban don Jerónimo y don Luis. Este último era el más joven; y aunque ya con mucho aplomo, no pasaba los dieciocho. Vestían con sencillez ropas de viaje y caza: traje de sayuela negra el padre, jubones de paño azul y verde oscuro los hijos, con los tahalíes de ante y aderezos de lo mismo. Todos llevaban espada y daga al cinto, el pelo muy corto, y tenían la misma mirada franca que acentuaba su aire de familia.

—¿Quiénes son los clérigos? —preguntó Alatriste.

Estaba de pie, recostado en una viga de la pared, los pulgares colgados del cinturón, aún sin decidir las consecuencias de cuanto venía de escuchar. En realidad miraba más al señor de Quevedo que a los visitantes, como preguntándole dónde infiernos lo acababa de meter. Por su parte, apoyado en la ventana, el poeta observaba los tejados próximos, cual si nada de aquello fuera con él. Sólo de vez en cuando se volvía hacia Alatriste para dirigirle una ojeada inexpresiva, muy de circunstancias, o se estudiaba las uñas con inusitada atención.

—Fray Juan Coroado y fray Julián Garzo —respondió don Vicente—. Son los amos del convento; y sor Josefa, la priorosa, no habla más que por sus bocas. El resto de las monjas, o está de su parte o vive amedrentado.

El capitán Alatriste miró de nuevo a don Francisco de Quevedo, y esta vez sí encontró sus ojos. Lo siento, decía el silencio del poeta. Sólo vuestra merced puede ayudarme en esto.

—Fray Juan, el capellán —proseguía don Vicente—, es hechura del conde de Olivares. Su padre, Amandio Coroado, fundó el convento de las Adoratrices Benitas a sus costas, y es además el único banquero portugués con que cuenta el valido. Ahora que Olivares pretende quitarse de encima a los genoveses, Coroado es su mejor baza para sacarle dinero a Portugal, de cara a la guerra en Flandes… Por eso su hijo goza de impunidad absoluta en el convento y fuera de él.

—Vuestras acusaciones son graves.

—Están harto probadas. Ese Juan Coroado no es un clérigo inculto y crédulo de los que tanto abundan, ni un alumbrado, ni un simple solicitante, ni un fanático. Tiene treinta años, dinero, posición en la Corte, gallarda presencia… Es un pervertido que ha trocado el convento en serrallo particular.

—Hay otra palabra más justa, padre —terció el menor de los hijos.

Le temblaba la voz de ira casi en un balbuceo, y saltaba a la vista que se contenía por respeto al anciano. Don Vicente de la Cruz lo reprendió, severo:

—Quizás. Pero estando allí tu hermana, no te atreverás a pronunciarla.

Palideció el joven inclinando la cabeza, mientras su hermano mayor, más silencioso y dueño de sí, le ponía una mano sobre el brazo.

—¿Y el otro clérigo? —preguntó Alatriste.

La luz que entraba por la ventana donde estaba apoyado don Francisco le daba al capitán en la cara por un lado, dejando el otro en sombra y las cicatrices bien marcadas: la de la ceja izquierda y la otra más fresca en el nacimiento del cabello, en mitad de la frente, recuerdo de la escaramuza en el corral del Príncipe. La tercera cicatriz visible, también reciente y de daga, cruzaba el dorso de su mano izquierda desde la emboscada del portillo de las Ánimas; y bajo la ropa llevaba otras cuatro marcas, siendo la última la herida famosa de su licencia, cuando Fleurus, que seguía impidiéndole dormir algunas noches.

—Fray Julián Garzo es el confesor —respondió don Vicente de la Cruz—. Y también buena pieza. Tiene un tío en el Consejo de Castilla… Eso lo convierte en intocable, como al otro.

—O sea, dos mozos de cuidado.

Don Luis, el hijo más joven, se reprimía a duras penas, crispado el puño sobre el pomo de la espada:

—Diga mejor vuestra merced dos miserables y dos canallas.

La ira contenida seguía sofocándole la voz y lo hacía parecer más joven, con aquel bozo rubio, aún no afeitado, que le oscurecía apenas el labio superior. Su padre le dirigió otra severa mirada imponiéndole silencio antes de proseguir:

—El caso —dijo— es que los muros de la Adoración son bastante espesos para acallarlo todo: un capellán que disimula su lascivia bajo una hipócrita apariencia mística, una priorresa estúpida y crédula, y una congregación de infelices que creen tener visiones celestiales o estar poseídas por el demonio —el anciano se mesaba la barba al hablar, y era evidente que hacerlo con ecuanimidad y decoro le costaba su buen trabajo—… Incluso les dicen que el amor y la obediencia al capellán son trascendentales para acceder a Dios, y que determinadas caricias y actos poco honestos, orientados por el director espiritual, son camino de altísima perfección.

Diego Alatriste distaba de sentirse sorprendido. En la España de nuestro muy católico monarca don Felipe IV, la fe era por lo común sincera; pero sus manifestaciones exteriores resultaban a menudo, en los grandes, hipocresía, y en el vulgo, superstición. En ese panorama, buena parte del clero era gente fanática e ignorante, grosera leva de ociosos que huían del trabajo y del servicio de las armas, o bien arribista, ambiciosa e inmoral, más dedicada al medro que a la gloria de Dios. Mientras los pobres pagaban impuestos de los que estaban exentos los ricos y los religiosos, los jurisconsultos discutían si la inmunidad eclesiástica era o no derecho divino. Y no pocos abusaban de la tonsura para satisfacer mezquinos apetitos e intereses. El resultado era que, junto a clérigos sin duda honrados y santos, se daban con la misma facilidad pícaros, codiciosos y delincuentes: sacerdotes amancebados y con hijos, confesores que solicitaban a las mujeres, galanes de monjas, conventos donde se ocultaban amoríos, lances y escándalos, eran el pan, y no precisamente bendito, de cada día.

—¿Nadie ha denunciado lo que ocurre allí adentro?

Asintió don Vicente de la Cruz, desalentado.

—Yo mismo. Incluso envié un detallado memorial al conde de Olivares. Pero no hubo respuesta.

—¿Y la Inquisición?

—Al corriente. Mantuve una conversación con un miembro del Consejo de la Suprema; prometió atenderme, y sé que envió dos visitadores trinitarios al convento. Pero entre los padres Coroado y Garzo, con la colaboración de la prioresa, los convencieron de que todo estaba en orden, y se despidieron con muy buenas palabras.

—Lo que, por cierto, resulta extraño —terció don Francisco de Quevedo—. La Inquisición anda a vueltas con el conde de Olivares, y no sería éste mal pretexto para fastidiar al valido.

El caballero valenciano encogió los hombros.

—Eso creímos. Pero sin duda consideran que es picar muy alto por una simple novicia. Además, sor Josefa, la prioresa, tiene fama de piadosa en la Corte: dedica una misa diaria y oraciones especiales a que el privado y los reyes tengan hijos varones... Eso le asegura respeto y prestigio, cuando en realidad, salvo cuatro bachillerías de poquísima sustancia, es una simple a quien las maneras y el atractivo del capellán le han sorbido el seso. Nada raro su caso, por cierto, ahora que toda prioresa que se precie ha de tener, al menos, cinco llagas y olor de santidad —el anciano sonreía con amargura y desprecio—... Sus inclinaciones místicas, su afán de protagonismo, sus sueños de grandeza y sus relaciones la hacen creerse una nueva Santa Teresa. Además, el padre Coroado derrama ducados a manos llenas y la Adoración es el

41

convento más rico de Madrid. No pocas familias quieren meter a sus hijas en él.

Yo escuchaba tras la rendija, sin admirarme demasiado a pesar de mis pocos años. Ya dije a vuestras mercedes en alguna ocasión que, en ese tiempo, un jovencito maduraba aprisa en aquella Corte apicarada, peligrosa, turbulenta y fascinante. En una sociedad donde la religión y la amoralidad corrían parejas, se daba de manera notoria, por parte de los confesores, una posesión tiránica del alma y a veces del cuerpo de las beatas, con secuelas escandalosas. En cuanto a la influencia de los religiosos, ésta era inmensa. Las distintas órdenes se enfrentaban o aliaban entre sí, los sacerdotes llegaban a prohibir a sus fieles reconciliar con otros, e imponían la ruptura de vínculos familiares y hasta la desobediencia a la autoridad, cuando se les antojaba. Tampoco era sorprendente, tratándose de clérigos galanes, verlos recurrir a un lenguaje de tono místicoamatorio a lo divino, ni disimular bajo subterfugios espirituales lo que no eran sino humanas pasiones y apetitos, ambición y lujuria. La figura del fraile solicitante fue conocida y harto satirizada en el siglo, como en los explícitos versos de *La cueva de Meliso*:

> *Dentro frecuentaréis las confesiones*
> *con las siervas hermosas*
> *de Dios, y trataréislas como a esposas,*
> *dándose por honradas*
> *con pretexto que están endemoniadas.*

Lo que tampoco era inusual, por cierto, en aquel tiempo de superstición y beatería donde se socapaba tanto bellaco, y donde vivíamos los españoles poco avenidos, mal comidos y peor gobernados, entre el pesimismo colectivo y el desengaño; buscando unas veces en la religión el consuelo por sentirnos al borde del abismo, y otras el simple y descarado beneficio terreno. Situación agravada por tantos curas y monjas sin vocación —había más de nueve mil conventos en mis años mozos—, fruto de la costumbre de familias hidalgas sin dinero, que no pudiendo matrimoniar hijas con el decoro al uso, hacíanlas entrar en religión, o las encerraban allí a la fuerza tras algún extravío mundano. Andaban así llenos los claustros de mujeres sin vocación, a las que se refirió por cierto don Luis Hurtado de Toledo, el autor —o más bien el traductor— del *Palmerín de Inglaterra*, en aquellos otros versos tan celebrados:

Que nuestros padres, por dar
a los hijos la hacienda
nos quisieron despojar,
y sobre todo, encerrar
donde Dios tanto se ofenda.

Don Francisco de Quevedo seguía junto a la ventana, un poco al margen, con la mirada perdida en los gatos que se paseaban por los tejados como soldados ociosos. El capitán Alatriste le dirigió una larga ojeada antes de volverse de nuevo a don Vicente de la Cruz.

—No alcanzo —dijo— cómo se vio vuestra hija en esto.

El anciano tardó en responder. La misma luz que acentuaba las cicatrices del capitán partía su frente en una arruga vertical, apesadumbrada y profunda:

43

—Elvira llegó a Madrid con otras dos novicias cuando se fundó la Adoración, hace cosa de un año. Vinieron acompañadas por una dueña, mujer que nos fue muy recomendada, y que debía atenderlas hasta que tomasen los votos.

—¿Y qué dice la dueña?

Sobrevino un silencio tan denso que hubiera podido tajarse con cimitarra. Don Vicente de la Cruz se miró pensativo la mano derecha que apoyaba en la mesa: flaca, nudosa y todavía firme. Sus hijos observaban el suelo ceñudos, cual si contemplaran algo en él, ante sus botas. Observé que don Jerónimo, el mayor, más hosco y callado que su hermano, tenía una mirada fija y dura que yo había advertido ya en algunos hombres, y de la que estaba aprendiendo a precaverme: la de quien, mientras otros fanfarronean, hacen sonar la espada contra los muebles y hablan alto, se está quieto en un rincón del garito, mirando sin parpadear ni perder detalle ni decir esta boca es mía, hasta que de pronto se levanta y, sin cambiar el semblante, va y te espeta a boca de jarro un pistoletazo o una mojada. El propio capitán Alatriste era de ésos; y yo, a fuerza de frecuentarlo, empezaba a reconocer el género.

—No sabemos dónde está la dueña —dijo por fin el anciano—. Desapareció hace unos días.

Tornó de nuevo el silencio, y esta vez don Francisco de Quevedo dejó de contemplar los tejados y los gatos. Su mirada, en extremo melancólica, encontró la de Diego Alatriste.

—Desaparecida —repitió pensativo el capitán.

Los hijos de don Vicente de la Cruz seguían contemplando el suelo sin abrir la boca. Al cabo el padre asintió con un seco gesto. Aún miraba su propia mano, inmóvil sobre la mesa junto al sombrero, la jarra de vino y la pistola del capitán.

—Eso es —dijo.

Don Francisco de Quevedo se apartó de la ventana, y tras dar unos pasos por la habitación se detuvo ante Alatriste.

—Cuentan —murmuró— que alcahueteaba para fray Juan Coroado.

—Y ha desaparecido.

En el silencio que siguió, el capitán y don Francisco se sostuvieron unos instantes la faz.

—Así se dice —asintió por fin el poeta.

—Entiendo.

Hasta yo mismo entendía, desde mi escondrijo, aunque sin alcanzar qué música podía tocar don Francisco en tan escabroso asunto. En cuanto al resto, tal vez la bolsa que —según había contado Martín Saldaña— se halló con la mujer estrangulada en la silla de manos no bastara, después de todo, para misas suficientes por la salvación de su alma. Apliqué a mi rendija un ojo muy abierto por el estupor, mirando con más respeto a don Vicente de la Cruz y sus hijos. Ya no me parecía tan anciano él, ni tan jóvenes ellos. A fin de cuentas, pensé estremeciéndome, se trataba de su hermana, e hija. Yo también tenía hermanas allá en Oñate, y no sé hasta dónde habría sido capaz de llegar por ellas.

—Ahora —proseguía el padre— la prioresa dice que Elvira ha renunciado por completo al mundo. Hace ocho meses que no podemos visitarla.

—¿Por qué no ha escapado?

El anciano hizo un ademán de impotencia:

—Ya apenas es dueña de sí. Y monjas y novicias se vigilan y delatan unas a otras… Imaginad el cuadro: visiones y exorcismos, hijas de confesión con las que se practican reuniones a puerta cerrada so pretexto de que echen los diablos, celos, envidias, rencillas conventuales —la expresión serena se le quebró en un gesto de dolor—… Casi todas las hermanas son muy jóvenes, como Elvira. La que no cree estar poseída por el demonio o tener visiones celestiales, se las inventa, para llamar la atención. La estúpida prioresa, sin voluntad, en manos del capellán, a quien considera un santo. Y fray Juan y su acólito, de celda en celda, confortándolas a todas.

—¿Ha hablado vuestra merced con el capellán?

—Una vez. Y por vida del rey que, de no estar en el locutorio del convento, lo habría matado allí mismo —don Vicente de la Cruz alzó la mano que apoyaba en la mesa, indignado, como si lamentara no verla tinta en sangre—. A pesar de mis canas se me rió en las barbas, con toda la insolencia del mundo. Porque nuestra familia…

Se interrumpió en dolorida pausa, y miró a sus hijos. El más joven estaba quebrado de color, sin una gota de sangre en el rostro, y su hermano apartaba la vista con expresión sombría.

—En realidad —prosiguió el anciano— nuestra limpieza de sangre no es absoluta… Mi bisabuelo era converso, y mi abuelo fue importunado por la Inquisición. Sólo a costa de dinero pudo solucionarse todo. Ese canalla del padre Coroado ha sabido jugar con eso. Amenaza con delatarla por judaizante… Y a nosotros también.

—Lo que es falso —intervino el hijo más joven—. Aunque tengamos la desgracia de no ser cristianos viejos, nuestra familia es intachable. La prueba es que don Pedro Téllez, el señor duque de Osuna, honró a mi padre con su confianza cuando estaba a su servicio en Sicilia…

Calló bruscamente, y su palidez había cambiado al rojo grana. Vi cómo el capitán Alatriste miraba a don Francisco. Ahora la conexión estaba clara. Durante su mandato como virrey de Sicilia y luego de Nápoles, el duque de Osuna había sido amigo de Quevedo, perjudicándolo después en su caída. Era evidente que la obligación que vinculaba al poeta con don Vicente de la Cruz pasaba por allí; y que la desgracia y desvalimiento de este último en la Corte era lodo de aquellos polvos. También don Francisco sabía lo que era verse desasistido de quienes en otro tiempo solicitaron sus favores e influencia.

—¿Cuál es el plan? —preguntó el capitán.

Percibí en su voz un tono que ya conocía bien: resignación y ausencia de ilusiones sobre el éxito o fracaso de la empresa; resolución fatigada, silenciosa, desprovista de interés salvo por los detalles técnicos, del soldado veterano dispuesto a afrontar con sencillez un mal rato que forma parte de su oficio. Muchas veces después, en los años que aún habíamos de pasar juntos en aventuras particulares y en las guerras del rey nuestro señor, reconocí aquel mismo tono y aquella mirada inexpresiva, vacía, que de modo tan singular endurecía los ojos claros del capitán cuando en campaña, tras la larga inmovilidad de la espera, resonaban los tambores y los tercios se ponían en marcha hacia el enemigo con aquel paso admirable, majestuoso y lento, bajo las viejas banderas que nos llevaban a la gloria o al desastre. Y aquella misma mirada y aquel tono de infinito cansancio fueron también los míos muchos años después: el día que entre los restos de un cuadro español, con la daga entre los dientes, la pistola en una mano y la espada desnuda en la otra, vi acercarse la caballería francesa en la última carga, mientras en Flandes se ponía, rojo de sangre, el sol que durante dos siglos había causado miedo y respeto al mundo.

Pero esa mañana del año veintitrés, en Madrid, Rocroi no existía más que en el libro oculto del Destino, y mediaban aún dos décadas para tan funesta cita. Nuestro rey era joven y gallardo, Madrid era la capital de dos mundos, y yo mismo era un mozalbete imberbe, impaciente y al acecho tras la rendija del cuarto, esperando la respuesta a la pregunta formulada por el capitán: el plan que don Vicente de la Cruz y sus hijos habían ido a proponerle por mediación de don Francisco de Quevedo. En ésas estaba cuando el anciano se disponía a responder. Y en ese preciso instante, un gato se coló por la ventana y fue a pasearse entre mis piernas. Intenté alejarlo en silencio, pero seguía allí. Entonces hice un movimiento demasiado brusco, y una escoba y un recogedor de hojalata que estaban cerca cayeron al suelo con estrépito. Y cuando levanté los ojos, espantado, la puerta se había abierto con violencia, y el hijo mayor de don Vicente de la Cruz estaba ante mí con una daga en la mano.

—Os creía muy puntilloso en limpieza de sangre, don Francisco —dijo el capitán Alatriste—... Nunca imaginé que pondríais el cuello en la soga por una familia de conversos.

Sonreía con afectuoso disimulo bajo el mostacho. Sentado a la mesa, con cara de pocos amigos, el señor de Quevedo despachaba la jarra de vino que hasta ese momento nadie había tocado. Estábamos los tres solos, después que Don Vicente de la Cruz y sus hijos se hubiesen marchado tras llegar a un acuerdo con el capitán.

—Todo tiene su aquel —murmuró el poeta.

—No me cabe duda. Pero si vuestro querido Luis de Góngora conoce el lance, ya podéis iros poniendo a remojo. El soneto puede ser de padre y muy señor mío.

—Voto a tal.

Era bien cierto. En un tiempo en que el odio a los judíos y a los herejes se consideraba complemento imprescindible de la fe —el mismísimo Lope y el buen don Miguel de Cervantes se habían felicitado, sólo unos años antes, de la expulsión de los moriscos— don Francisco de Quevedo, que tenía muy a gala su estirpe santanderina de cristiano viejo, no se caracterizaba precisamente por la tolerancia hacia gentes dudosas en materia de limpieza de sangre. Por el contrario, recurría a ello a la hora de lanzar dardos contra sus adversarios; y en especial hacia don Luis de Góngora, a quien atribuía sangre judaica:

¿Por qué censuras tú la lengua griega,
siendo sólo rabí de la judía,
cosa que tu nariz aun no lo niega?

Lindezas que el gran satírico gustaba de alternar con acusaciones de sodomía gongorina, como en cierto soneto famoso que concluye:

Peor es tu cabeza que mis pies.
Yo cojo, no lo niego, por los dos;
tú puto, no lo niegues, por los tres.

Y allí estaba, en semejante contexto, don Francisco Gómez de Quevedo y Villegas, del hábito de Santiago y limpieza familiar probada, señor de la Torre de Juan Abad, azote de judaizantes, herejes, sodomitas y culteranos varios, maquinando nada menos que violentar el resguardo de un claustro, por socorrer, con riesgo de vida y honra, a una familia de conversos valencianos. Incluso yo, en mis cortos años, captaba las implicaciones terribles del asunto.

—Voto a tal —repitió el poeta.

Cualquier hijo de vecino, supongo, habría jurado en griego y hasta en hebreo —lenguas que dominaba don Francisco— de hallarse en su gorguera. Y el capitán Alatriste, que no estaba en la gorguera de Quevedo pero harta ruina tenía con verse en la suya propia, era muy consciente de eso. El capitán continuaba apoyado en la viga de la pared, de donde no se había movido en toda la conversación con nuestros visitantes, y aún tenía los pulgares colgados del cinturón. Ni siquiera había cambiado de postura cuando Jerónimo de la Cruz regresó al cuarto, aún daga en mano y llevándome bien cogido por el pescuezo, limitándose a ordenar que me soltara en un tono que hizo al otro, con sólo un instante de duda, obedecer casi en el acto. En cuanto a mí, tras la violencia y el mal rato pasados, estaba en cuclillas en un rincón, aún rojo de vergüenza, intentando pasar inadvertido. Había costado cierto esfuerzo convencer a los forasteros de que yo, aunque desobediente, era mozo avisado y de fiar; y fue menester que el propio don Francisco me avalase con su palabra. A fin de cuentas yo lo había oído todo; y don Vicente de la Cruz y sus hijos tendrían que descansar también en mí. Aunque de cualquier modo, como dijo muy despaciosamente el capitán mientras los miraba a todos con sus ojos fríos y peligrosos, tampoco ésa era cuestión en la que ellos pudieran opinar, o elegir. Así que hubo un largo y significativo silencio, y luego nadie volvió a cuestionar mi relación con el asunto.

—Son gente de bien —dijo Quevedo, al cabo—. Y ni tanto así puede reprochárseles como buenos católicos —se detuvo en busca de más justificaciones para el caso, que parecía creer necesarias—… Además, cuando estábamos en Italia, don Vicente me rindió señalados servicios. Hubiera sido bellaquería no tenderle una mano.

El capitán Alatriste hizo un gesto de comprensión, aunque bajo el bigote militar seguía insinuándosele la sonrisa.

—Bueno es lo que decís —admitió—. Pero insisto en lo de Góngora. A fin de cuentas es vuestra merced quien no cesa de recordarle su nariz semítica y su aversión al tocino… Como cuando decís eso de:

Cristiano viejo no eres,
porque aún no te vemos cano;
hidalgo, eso sin duda,
pero con duda hidalgo.

Don Francisco se atusó bigote y perilla, mitad complacido porque el capitán recordase sus versos, y mitad molesto por el tono zumbón en que los recitaba:

—Qué buena e inoportuna memoria tenéis, cuerpo de Cristo.

Alatriste se echó a reír sin contenerse más, lo que no mejoró el humor del poeta.

—Pues ya imagino también los versos de vuestro adversario —remachó el capitán alzando dos dedos como si escribiera en el aire mientras recitaba, improvisando:

> *Me acusas, don Francisco, de marrano,*
> *y tú en lances hebraicos metes mano…*

—… ¿Qué os parecen?

A don Francisco se le había amostazado un poco más el semblante. El trance no era liviano, y con otro que no fuese Diego Alatriste habría tentado la herreruza rato ha.

—Malos y con muy poca gracia —se limitó a responder, mohíno—. Podrían ser, en efecto, de ese bujarrón cordobés o de aquel otro amigo vuestro, el conde de Guadalmedina, que como gentilhombre no os discuto nada, pero como poeta es la vergüenza del Parnaso… En cuanto a Góngora, semejante ojilato periculto, hozador de vorágines, triclinios, promptuarios, trámites, vacilantes icareas, sombra del sol y tósigo del viento, es lo que menos me inquieta ahora… Temo en efecto, como decís, haberos metido en un mal lance —cogió la jarra de vino y le dio otro tiento, echándome una ojeada—. Y al mozo.

El mozo, o sea, yo, seguía en su rincón. El gato había pasado ante mí tres veces y yo intentaba atizarle un puntapié sin demasiado éxito. Vi que también Alatriste me miraba, y que había dejado de sonreír. Al cabo encogió los hombros.

—El mozo se ha metido solo —declaró tranquilamente—. En cuanto a mí, no os inquietéis —señaló la bolsa con escudos de oro que había en el centro de la mesa—. Han pagado, y eso alivia pesadumbres.

—Puede ser.

El poeta no parecía convencido, y Alatriste volvió a componer una mueca irónica.

—Diablo, don Francisco. Es algo tarde para lamentaciones, después que vuestra merced me ha metido hasta el cuello en la chacona.

Cabizbajo, el poeta bebió otro trago, y luego otro. Empezaba a anegársele un poco la mirada.

—Es que poner patas arriba un convento —apuntó— no es cosa baladí.

—Ni tampoco es tomar La Goleta, pardiez —el capitán había ido hasta la mesa, y tomando la pistola le quitaba el cebo y la carga—. Cuentan que un tío abuelo de mi madre, hombre notorio en tiempos del emperador Carlos, lo hizo una vez, en Sevilla.

Don Francisco alzaba la cabeza, interesado.

—¿El que inspiró la comedia de Tirso?

—Eso dicen.

—Ignoraba el parentesco.

—Pues ya veis. España es un pañuelo.

Al señor de Quevedo le pendían del cordón los anteojos. Los sostuvo un momento entre los dedos sin ponérselos, pensativo. Luego volvió a dejarlos colgar sobre la cruz que llevaba bordada al pecho, y alargó la mano hacia el vino para beber un último y largo trago, mirando lúgubre al capitán por encima de la jarra.

—Pues mal tercer acto tuvo vuestro tío, voto a Cristo.

Capítulo III

El acero de Madrid

Al día siguiente vime en misa con Diego Alatriste y el señor de Quevedo. Materia esta por cierto maravillosa; pues si bien don Francisco, tanto por su sangre montañesa como por imperativo del hábito de Santiago, tenía muy a punto de honra cumplir los preceptos de la Iglesia, el capitán no era dado en absoluto a dóminus ni a vobiscum. Mas consignaré que, pese a jurar como juraba, moderadamente, con reniegos y por vidas propios de su viejo oficio, nunca en los años que pasé junto a él oíle una palabra en contra de la religión; ni siquiera cuando en la taberna del Turco las discusiones de sus amigos con el Dómine Pérez tocaban puntos de controversia con el clero de por medio, y no quedaba refrán con vida. Alatriste no practicaba puntualmente los ritos de la Iglesia, pero respetaba tonsuras, sotanas y tocas monjiles del mismo modo que respetaba la autoridad y la persona del rey nuestro señor: por disciplina de soldado, o quizá por aquella estoica indiferencia que parecía gobernar sus humores y carácter. Contaré en pormenor que, aunque iba poco a misa, a mí me obligó siempre a cumplir con Dios mientras fui mozo; bien acompañando a Caridad la Lebrijana los domingos y fiestas de guardar —como todas las mujeres que han sido putas, la Lebrijana era en extremo piadosa—, bien con los buenos oficios del Dómine Pérez; que dos días a la semana, a instancias de Alatriste, me enseñaba gramática, un poco de latín y los conocimientos necesarios de catecismo e Historia Sagrada para que, decía el capitán, nadie pudiera confundirme con un turco ni con un maldito hereje.

Así de contradictorio era él. No mucho tiempo después, en Flandes, tuve ocasión de verlo inclinada la cabeza y rodilla en tierra, cuando los tercios se disponían a entrar en combate y los capellanes recorrían las filas bendiciéndonos a todos; y nunca lo hacía por aparentar piedad, sino por respeto a los camaradas que iban a morir creyendo en la eficacia de todo aquello. Porque al Dios de Alatriste ni se lo aplacaba con laudes ni se lo ofendía con juramentos. Era un ser poderoso e impasible, que no movía los títeres de ese retablillo suyo que es el mundo, sino que se limitaba a observarlos. Como mucho era el que, con juicio incomprensible para los actores de la humana comedia —por no decir mojiganga de matachines—, manejaba la tramoya, haciendo abrirse malignos escotillones o girar improvisados bofetones, poniéndote unas veces en tremendos bretes y sacándote otras de las situaciones más adversas. Bien podría ser ese distante primer motor, o remota causa de causas, que una vez oímos mencionar al Dómine Pérez cuando, cierta tarde en que se le fue un poco la mano con el vino dulce, intentó explicar a sus tertulianos las cinco pruebas de

Santo Tomás. Pero en lo que se refiere al capitán, su interpretación del asunto estaba, posiblemente, más cerca de eso que los romanos, si no me engaña el latín que aprendí del propio Dómine, llamaban *fatum*. Recuerdo la expresión impávida y taciturna de Alatriste cuando la artillería enemiga abría claros en nuestros cuadros, y alrededor los compañeros se persignaban encomendándose a Cristo y a la Santísima Virgen, y de pronto les oías recordar oraciones que habían aprendido de pequeños; y él murmuraba *amen* al tiempo que ellos, para que no se sintieran tan solos cuando caían al suelo y morían. Pero sus ojos claros y fríos estaban atentos a las ondulantes filas de la caballería enemiga, al tiro de mosquetería que llegaba del terraplén de un dique, a las bombas humeantes que zigzagueaban en el suelo antes de estallar en un relámpago que dejaba bien servido al diablo. Y ese *amen* no lo comprometía a nada, como podía leerse en su mirada absorta, en su perfil aguileño de soldado viejo, atento sólo al monótono redoble del tambor en el centro del Tercio, redoble tan lento e impasible como el paso tranquilo de la infantería española y el latido sereno de su corazón. Porque a su Dios el capitán Alatriste podía servirlo como a su rey: no tenía por qué amarlo, ni admirarlo siquiera. Mas por ser quien era, le otorgaba su respeto y lo acataba. Una vez lo vi pelear por una bandera y por el cadáver de nuestro maestre de campo don Pedro de la Daga, cierto día que nos dimos un hartazgo de estocadas y metralla junto al río Merck, cerca de Breda. Y sé, aunque por aquel cuerpo muerto y cosido a mosquetazos estuvo a punto de dejar su piel, y de rebote la mía, que tanto don Pedro de la Daga como la bandera se le daban un ardite. Eso era lo desconcertante del capitán: podía mostrar respeto hacia un Dios que le era indiferente, batirse por una causa en la que no creía, emborracharse con un enemigo, o morir por un maestre de campo o un rey a los que despreciaba.

Fuimos a misa, digo, aunque el móvil distara de ser piadoso. La iglesia, como sin duda habrán maliciado vuestras mercedes, era la del convento de las Adoratrices Benitas, cercano a Palacio y casi frontero al de la Encarnación, junto a la plazuela del mismo nombre. La misa de ocho de las Benitas estaba de moda, pues acudía allí a sus devociones doña Teresa de Guzmán, legítima del conde de Olivares; y además el capellán, don Juan Coroado, tenía fama de clérigo de gentil talle ante el altar y buen verbo en el púlpito. De modo que el lugar se veía frecuentado no sólo por beatas, sino también por damas de calidad que acudían al reclamo de la condesa de Olivares o del capellán, y por otras que, sin tener calidad, la pretendían. Hasta tusonas y comediantas de tronío —tan piadosas en materia de preceptos como la que más—, se dejaban caer por allí con la devoción de rigor, cariazogadas de afeites bajo los pliegues del manto de humo o la mantilla, todas encajes, puntas y picadillos de Lorena y Provenza, que los de Flandes quedaban para damas de más fuste. Y como, de calidad o sin ella, donde menudean damas acuden más varones que liendres al jubón de un arriero, la famosa misa de ocho ponía la pequeña iglesia de bote en bote, con las madamas unas orando y otras lanzando dardos de

Cupido por encima del abanico, los galanes al acecho tras las columnas o junto a la pila para darles agua bendita, y los mendigos en las gradas de la puerta, exhibiendo llagas, pústulas y supuestas mutilaciones de Flandes, y hasta de Lepanto, riñendo para conseguir los mejores sitios a la salida de misa y dispuestos a increpar, con muchos fueros, a los señores que se daban aires pero no aflojaban de la mosca un triste cobre.

Nos situamos los tres cerca de la puerta, en un lugar desde el que podían avizorarse tanto la nave de la iglesia, en ese momento atestada de gente —y tan estrecha que a poco más, en vez de crucificado, al Cristo del altar mayor hubieran tenido que representarlo ahorcado—, como el coro y la reja que comunicaba el lugar con el convento. Vi que el capitán, sombrero en mano y capa al brazo, estudiaba muy por lo menudo el lugar; del mismo modo que, llegando a la iglesia, sus ojos atentos habían registrado todos los detalles de la fachada del convento y las tapias del jardín. Andaba la misa por el evangelio, y cuando el oficiante se volvió a los feligreses tuve ocasión de verle el rostro al famoso capellán Coroado, que decía sus latines con buena parola y fineza, y mucho aplomo. Parecía hombre favorecido, gallardo bajo la casulla, y sus cabellos tonsurados en el colodrillo, al uso clerical, eran negros y fuertes. Los ojos se veían, oscuros, penetrantes; sin que fuera extraño imaginar su efecto entre las hijas de Eva, en especial tratándose de monjas cuya regla cercenaba todo contacto con el siglo, o sea, con el mundo y con el sexo opuesto. Incapaz de considerar su persona sin cuanto sabía de él y del convento donde hacía de su sotana un sayo, excuso referir el malestar y la indignación que

59

me produjeron sus movimientos pausados y la fatua unción con que celebraba el sacrificio de Cristo. Maravillóme que nadie entre el público le gritara sacrílego e hipócrita, y no vislumbrar a mi alrededor más que expresiones devotas e incluso admiración en los ojos de muchas mujeres. Pero así son las cosas de la vida, y aquélla fue sólo una de las primeras veces, entre no pocas, que hube lección provechosa de cuánto suelen las apariencias imponerse a la verdad, y cómo gente en extremo ruin disimula sus vicios bajo máscaras de piedad, honor o decencia. Y que denunciar a los malvados sin pruebas, atacarlos sin armas, confiar a ciegas en la razón o en la justicia, es a menudo el mejor camino para encontrar la propia perdición, mientras los bergantes que se abroquelan de influencias o dineros siguen a salvo. Pues otra lección que aprendí temprano es que resulta muy gran yerro ajustar nuestras fuerzas con las de los poderosos, con quienes lléganos más cierto el perder que el ganar. Mejor es aguardar sin prisas y sin aspavientos, hasta que el tiempo o el azar nos pongan al adversario a tiro de daga: lance que en España —aquí todos subimos y bajamos tarde o temprano por la misma escalera—, resulta regular y hasta muy cierto y obligado. Y si no, paciencia; que a fin de cuentas Dios tiene la última palabra, y él baraja sus naipes y los de todos.

—Segunda capilla a la izquierda —susurró don Francisco—. Tras la reja.

El capitán Alatriste, que miraba el altar, se mantuvo así un momento y luego volvióse un poco para observar en la dirección sugerida por el poeta. Yo también seguí su mirada hasta la capilla que comunicaba la iglesia con el convento, donde las tocas negras y blancas de monjas y novicias se vislumbraban tras la espesa celosía de hierro, a la que el aparente rigor del claustro añadía aguzados clavos para impedir que hombre alguno, desde el exterior, se acercase más de lo conveniente. Eso era nuestra España: mucho rigor y ceremonia, mucho clavo preventivo, mucha reja y mucha fachada —en plenos desastres en Europa, las cortes de Castilla discutían sobre el dogma de la Inmaculada Concepción—, mientras los clérigos apicarados, las monjas sin vocación, los funcionarios, los jueces, los nobles y todo hijo de vecino cardaban la lana bajo cuerda, y la nación dueña de dos mundos no era sino patio de Monipodio, ocasión para el medro y la envidia, paraíso de alcahuetes y fariseos, zurcido de honras, dinero que compraba conciencias, mucha hambre y mucha bellaquería para remediarla.

—¿Cómo lo veis, capitán?

El poeta había hablado en voz muy baja, entre dientes, aprovechando el momento en que los asistentes empezaban a rezar el Credo. Tenía en una mano el sombrero y la otra en el pomo de la espada, y miraba ante sí con recogimiento, el aire equívocamente abstraído, cual si estuviese atento a la liturgia.

—Difícil —respondió Alatriste.

El suspiro profundo del poeta se confundió con el *Deum de Deo, lumen de lumine, Deum verum de Deo vero* que rezaban a coro los feligreses. Un poco más lejos, al resguardo de una columna e intentando pasar tan inadvertido entre la mucha gente como ladrón en corro de escribanos, vi al hijo mayor de don Vicente de la Cruz, el mismo que me había descubierto a causa del gato traidor cuando yo escuchaba de tapadillo. Estaba medio embozado y miraba la reja de las monjas. Me pregunté si Elvira de la Cruz estaría allí, y si podría ver a su hermano. La novelería natural en un mozo de mis pocos años se disparó tras la imagen de aquella joven a la que no conocía, pero a la que imaginé bella, prisionera, atormentada, esperando la liberación. Debían de hacérsele interminables las horas en su celda, a la espera de una señal, un mensaje, un billete anunciándole que estuviese prevenida para escapar. Empujado por mi imaginación, que se desbordaba por momentos y hacíame sentir cual héroe de libro de caballerías —al fin y al cabo el azar me había convertido en parte de la empresa—, forcé la vista intentando distinguirla tras los hierros que la encarcelaban del mundo; y a poco me pareció ver una mano blanca, apenas unos dedos apoyados un instante entre barrotes. Así estuve largo rato suspenso y con la boca abierta, atento a si veía aparecer de nuevo la mano; hasta que sentí en mi cogote un disimulado pescozón del capitán Alatriste. Entonces, precavido a mi pesar, volví a mirar al frente con toda la circunspección del mundo. Y cuando el oficiante se volvió a nosotros para decir *Dominus vobiscum*, miré sin pestañear su rostro hipócrita y respondí *Et cum spiritu tuo* con una devoción y una piedad tan aparentes que hubieran hecho feliz, de poder verme y oírme, a mi buena y pobre madre.

Salimos con el *ite misa est*, y en la calle había un sol espléndido que avivaba los colores de los geranios y las alcaraveas que las monjas de la Encarnación tenían en sus ventanas, al otro lado de la calle. Don Francisco se retrasó un poco, pues conocía a todo el mundo en la Corte —era tan popular de amigos como de enemigos—, y se entretuvo de parla con unas damas y sus acompañantes, echándonos miradas por entre ellos al capitán y a mí, que íbamos a lo largo de la tapia del huerto de las Benitas. Observé que el capitán prestaba especial atención a una puertecilla cerrada desde dentro, y también a la pared de ladrillo y a los diez pies de altura que alcanzaba ésta, así como a cierto guardacantón que, en la esquina, hacía posible que alguien con la agilidad adecuada pudiera encaramarse a lo alto. Y vi que sus ojos perspicaces estudiaban la puertecita como habituados a buscar brechas en murallas enemigas. Pareció interesarle en extremo, pues hizo aquel ademán tan suyo de pasarse dos dedos por el mostacho; gesto que traslucía en él, por lo general, o reflexión o talante de meter mano a la blanca cuando alguien empezaba a amostazarle la paciencia. En esas estábamos cuando nos adelantó el hijo mayor de don Vicente de la Cruz, bien calado el fieltro, sin hacernos el menor gesto de reconocimiento; pero observé, por su modo de caminar y de volverse con cautela, que también él tomaba medidas a la tapia de las Benitas.

En ese momento ocurrió un pequeño incidente, que refiero porque no supone ejemplo baladí del talante de Diego Alatriste. Nos habíamos detenido un poco, fingiendo el capitán que se arreglaba algo en el cinto, para ver de cerca el cerrojo de la puerta; y en ésas nos alcanzó gente que también salía de misa, un par de pisaverdes que acompañaban a dos damas algo ordinarias

63

pero hermosas. Uno de ellos, jubón de terciopelo con mangas acuchilladas, todo lazos, cintas y toquilla con hilo de plata en el sombrero, tropezó conmigo y me apartó luego con malos modos, llamándome bellaco. Un par de años más tarde, aquel desafuero le hubiera costado al fulano, por muy galán que anduviese, una buena mojada en la ingle con la daga que yo aún no cargaba encima por mis pocos años; aunque pronto, en Flandes, empezaría a llevarla como si tal cosa. Pero en ese tiempo yo seguía siendo demasiado mozo, y las afrentas no tenía otra que comérmelas sin aderezos y sin remedio, salvo que el capitán Alatriste decidiera ocuparse de mi honra. Ése fue el caso; y debo decir que aquello diome que discurrir sobre cómo, a pesar de sus modales a menudo hoscos y sus silencios, el capitán me apreciaba de veras. Y si me lo disimulan vuestras mercedes, diré que algún motivo debía de tener, pardiez, después de ciertos pistoletazos que yo había disparado por él poco tiempo atrás, en el portillo de las Ánimas.

El caso es que, cuando oyó al lindo afrentarme con tan escasa política, el capitán volvióse despacio, muy sereno, con aquella calma glacial que quienes lo conocían bien consideraban pregón de que eran aconsejables tres pasos atrás y precaver la herreruza.

—Vive Dios, Íñigo —el capitán parecía dirigirse a mí, aunque miraba muy por lo fijo al caballero—, que sin duda este gentilhombre te confunde con algún perillán que él conoce.

Yo no dije palabra alguna, pues resultaba evidente el caso. Por su parte, al sentirse interpelado, el pisaverde se había detenido con sus acompañantes. Era de esos que utilizan la propia sombra a modo de espejo. El *vive Dios* del capitán le había hecho apoyar una mano blanca, con grueso anillo de oro y brillantes, en la guarnición de la espada; y el evidente repuntín del *gentilhombre*, tamborilear con los dedos sobre ésta. Su mirada arrogante recorría de arriba abajo a Diego Alatriste, y debo decir que cuando terminó la inspección, tras observar la espada con la cazoleta marcada de arañazos de acero, las cicatrices del rostro y los ojos fríos bajo la ancha falda del sombrero, la firmeza de aquella mirada no era la misma que al comienzo.

—¿Y qué pasa —repuso aun así, desabrido— si no me confundo con nadie y ando cierto en lo que digo?

La respuesta había sonado firme, lo que decía algo en favor del caballero; aunque no se me escapó cierta vacilación final, con una rápida ojeada del lindo a su acompañante y a las dos damas. En aquel tiempo, un hombre podía perfectamente hacerse matar por su reputación, y todo se disculpaba menos la cobardía y la deshonra. A fin de cuentas, y en última instancia, el honor se suponía patrimonio exclusivo del hidalgo; y el hidalgo, a diferencia del pechero que soportaba todos los tributos y cargas, ni trabajaba ni pagaba tasas a la hacienda real. El famoso honor de las comedias de Lope, Tirso y Calderón, solía referirse a la tradición caballeresca de otros siglos, y lo que en verdad menudeaban eran los pícaros y truhanes de toda laya. De modo que, tras aquellas hipérboles del honor y la deshonra, lo que se disimulaba era el negocio, nada ligero por cierto, de vivir sin dar golpe ni pagar impuestos.

Muy despacio, tomándose su tiempo, el capitán se pasó dos dedos por el bigote. Y luego, con la misma mano, sin ostentación ni exagerar el gesto, desembarazó la capa dejando libres las empuñaduras de la espada y la daga que llevaba detrás, al costado izquierdo.

—Pues pasa —dijo en voz muy mesurada— que tal vez vuestras mercedes encuentren a ese que estoy seguro confunden con otro, si se vienen a dar un paseo a la puerta de la Vega.

La puerta de la Vega, que estaba cerca de allí, era uno de los lugares extramuros donde solían solventarse a estocadas las querellas. Y además, el gesto de desembarazar sin más preámbulos toledana y vizcaína no pasó inadvertido para nadie. Como tampoco el plural *vuestras mercedes*, que incluía al acompañante en el baile. Las mujeres enarcaron las cejas, interesadas, pues su condición las ponía a salvo, convirtiéndolas en privilegiadas espectadoras. Por su parte, el segundo individuo —otro lindo con perilla, amplia valona de puntas y guantes de ámbar—, que había asistido al prólogo con una sonrisa despectiva, dejó de sonreír de golpe. Una cosa era ser dos y trabarse de palabras bravuconeando ante unas damas, y otra muy distinta toparse con un fulano con aire de soldado que, de buenas a primeras, sugería ahorrar trámites y despachar el negocio de inmediato y por las bravas. Aquél no era un fanfarrón de la calle de la Montera, decía el gesto del acompañante, que se precavió llegando incluso a retroceder con algún disimulo. En cuanto al lindo, en la lividez del sobrescrito se veía que pensaba exactamente lo mismo, aunque su posición era más delicada. Había hablado un poco de más, y el problema de las palabras es que, una vez echadas, no pueden volverse solas a su dueño. De modo que a veces te las vuelven en la punta de un acero.

—No fue culpa del chico —dijo el acompañante.

Había hablado muy hidalgo, con voz firme y serena; pero la conciliación era evidente. Aquello era quedarse al margen y ofrecer además una salida al amigo, dándole pie a que se ahorrase finiquitar el lance con el jubón tan acuchillado como las mangas. Vi que el lindo abría los dedos de la mano derecha y los volvía a cerrar. Dudaba. A las malas eran, pura aritmética, dos contra uno; y si hubiese descubierto el menor signo de inquietud o de pasión en Diego Alatriste tal vez habría ido adelante, en la cuesta de la Vega o allí mismo. Pero había algo en la frialdad del capitán, aquella indiferencia tan absoluta que traspasaba su inmovilidad y sus silencios, que aconsejaba siempre andársele con mucho tiento. Supe lo que pasaba por la cabeza del lindo: un hombre que desafía a pares a unos desconocidos bien herrados de aceros, o está muy seguro de sí y de su espada, o está loco. Y ninguna de las dos eventualidades era ociosa. El caballero no parecía, sin embargo, pusilánime. Confiaba en no batirse, mas tampoco quería perder la faz; de modo que aún sostuvo unos instantes la mirada del capitán. Después me echó un vistazo, cual si me viera por primera vez.

—Creo que el mozo no tuvo la culpa —dijo por fin.

Las mujeres sonrieron, no sin desilusión por verse privadas del festejo, y al amigo se le vio contener un suspiro de alivio. Pero a mí ya me daba igual que el lindo se hubiera disculpado o no. Yo miraba, fascinado, el perfil del capitán Alatriste bajo el ala de su chapeo, su espeso mostacho, su mentón mal rasurado aquella mañana, sus cicatrices, sus ojos claros e inexpresivos vueltos a un vacío que sólo él podía contemplar. Después miré su raído jubón recosido, la vieja capa, la sobria valona lavada y relavada por Caridad la Lebrijana, el reflejo mate del sol en la cazoleta de la espada y en el puño de la daga que asomaba tras el cinto. Y fui consciente de un doble y magnífico privilegio: aquel hombre había sido amigo de mi padre, y ahora además era mi amigo, capaz de reñir por mí a causa de una simple palabra. O quizás en realidad hacíalo por él mismo; y las guerras del rey, y quienes alquilaban su acero, y los amigos que lo empeñaban en empresas peligrosas, y los pisaverdes largos de lengua, y hasta yo mismo, no fuéramos sino pretextos para batirse por el mero hecho de batirse —como hubiera dicho don Francisco de Quevedo, que ya apresuraba el paso para unirse a nosotros, olfateando querella, aunque tarde— pese a Dios y contra todo. De cualquier manera, yo habría seguido al capitán Alatriste hasta el zaguán del infierno por sólo una orden, un gesto o una sonrisa. Y estaba lejos de sospechar que era exactamente allí a donde me dirigía.

Creo haberles hablado ya de Angélica de Alquézar. Con los años, cuando fui soldado como Diego Alatriste y fui otras cosas que iremos contando en su momento, la vida puso mujeres en mi camino. No soy partidario de groseros alardes de taberna ni tampoco de nostalgias líricas; así que, pues el relato lo exige, zanjaré el asunto consignando que a cierto número amé, y que a algunas recuerdo con ternura, indiferencia o —las más veces—

con una sonrisa divertida y cómplice: máximo laurel a que puede aspirar varón que sale ileso, con la bolsa poco menguada, la salud razonable y la estima intacta, de tan dulces abrazos. Dicho esto, afirmaré a vuestras mercedes que, de cuantas mujeres cruzaron sus pasos con los míos, la sobrina del secretario real Luis de Alquézar fue sin duda la más bella, la más inteligente, la más seductora y la más malvada. Objetarán quizás que mi corta edad podía hacerme influenciable en exceso —recuerden que cuando esta historia yo era un jovencito vascongado con apenas un año en la Corte, y aún no cumplidos los catorce—; pero no hay tal. Incluso más tarde, cuando fui hombre cabal y Angélica una mujer de rompe y rasga, mis sentimientos se mantuvieron intactos. Era como amar al diablo aun sabiendo que lo es. Y creo haber referido antes que por aquel entonces ya andaba enamorado de la jovencita hasta las cachas. La mía no era todavía una de esas pasiones que llegan con los años y el tiempo, cuando la carne y la sangre se mezclan con los sueños y todo toma un aspecto denso, peligroso. En la época que narro, lo mío era una suerte de arrebato singular; como asomarse a un abismo que atrae y atemoriza a la vez. Sólo más adelante —la aventura del convento y de la mujer muerta fue sólo una estación más de ese viacrucis— supe lo que encerraban los tirabuzones rubios y los ojos azules de aquella niña de once o doce años, por cuya causa halléme tantas veces a pique de perder honra y vida. Aun así la estuve amando hasta el final. E incluso ahora que Angélica de Alquézar y los demás hace mucho dejaron de existir, trocándose en fantasmas familiares de mi memoria, voto a Dios y a todos los demonios del infierno

—donde seguramente ella arde ahora— que la sigo amando todavía. A veces, cuando los recuerdos afloran tanto que añoro incluso a los viejos enemigos, me encamino al lugar donde está el retrato que pintó Diego Velázquez, y permanezco horas mirándola en silencio, consciente de que nunca la llegué a conocer del todo. Pero mi viejo corazón conserva, con las cicatrices que ella le infligió, la certeza de que esa niña, la mujer que me hizo en vida cuanto mal pudo, me amó también hasta la muerte, a su manera.

Pero en aquel tiempo todo eso estaba aún por descubrir. Y la mañana en que seguí su carruaje hasta la fuente del Acero, al otro lado del Manzanares y la puente segoviana, Angélica de Alquézar continuaba siendo para mí un enigma fascinante. Ya saben vuestras mercedes que ella solía pasar por la calle de Toledo en los trayectos entre su domicilio y el Alcázar, donde asistía a la reina y las princesas como menina. La casa donde vivía era la de su tío Luis de Alquézar, una vieja mansión en la esquina de la calle de la Encomienda con la de los Embajadores, que había sido del anciano marqués de Ortígolas hasta que éste, arruinado por una conocida comedianta del corral de la Cruz que le descuartizó más cuartos que malhechores un verdugo, hubo de venderla para saldar cuentas con sus acreedores. Allí vivía mi enamorada con su tío y los criados de éste, que permanecía soltero y cuya única debilidad conocida, aparte el voraz ejercicio del poder que le facilitaba su posición en la Corte, era aquella sobrina huérfana, hija de una hermana fallecida con su marido durante el temporal que azotó en el año veintiuno a la flota de Indias.

La había visto pasar, como de costumbre, desde mi apostadero en la puerta de la taberna del Turco. A veces seguía un trecho su carruaje tirado por dos mulas, hasta la plaza Mayor o hasta las mismas losas de Palacio, donde solía volver sobre mis pasos. Todo eso por obtener la fugaz recompensa de una de sus miradas turbadoramente azules, que en ocasiones se dignaba concederme un momento antes de fijarse en algún detalle de los alrededores, o volverse a la dueña que solía acompañarla; una beatona con tocas, avinagrada, y tan roñosa y flaca como la bolsa de un estudiante; de esas de quienes podía en justicia decirse:

Es mujer de escapulario
con más botes de virtudes,
aguas yerbas y saludes
que hay en casa un boticario.

Yo, como tal vez recuerden, había cambiado ya con Angélica algunas palabras cuando la aventura de los dos ingleses; y siempre sospeché que ella, a sabiendas o no, había contribuido a tendernos la emboscada del corral del Príncipe donde en un tris estuvo de dejar la piel el capitán Alatriste. Pero nadie es por completo dueño de sus odios ni de sus amores; así que, aun con eso, aquella niña rubia seguía hechizándome. Y la intuición de que todo era un juego endiabladamente peligroso no hacía sino acicatear mi imaginación.

La seguí pues, esa mañana, por la puerta de Guadalajara y la plazuela de la Villa. Hacía un día radiante y su carruaje, en vez de continuar hacia el Alcázar, bajó a la cuesta de la Vega, internándose en la puente segoviana para cruzar aquel río cuyo escaso caudal fue siempre causa de inspiración burlesca y chacota para los poetas, y del que hasta el periculto y exquisito don Luis de Góngora —citado sea con perdón del señor de Quevedo— llegó a escribir aquella lindeza de:

Bebióte un asno ayer, y hoy te ha meado.

Supe después que Angélica andaba esos días quebrada de color, y su médico recomendaba paseos por los sotos y alamedas próximos a la huerta del Duque y la casa de Campo, así como la famosa agua de la fuente del Acero, tan prescrita, entre otras cosas, para las damas que sufrían de opilaciones. Fuente, por cierto, glosada por Lope en una de sus comedias:

Mañana salga, en efeto,
después que tome hasta media
escudilla reposada
del agua bien acerada
que desopila y remedia.

Angélica era todavía muy niña para ese tipo de males, pero lo cierto es que el frescor del lugar, el sol y el aire sano de las arboledas, le eran convenientes. Así que allí se encaminaba, con coche, cochero y dueña, mientras yo seguía sus pasos a distancia. Al otro lado de la puente y el Manzanares, damas y caballeros paseaban bajo las arboledas. En el Madrid de la época, lo mismo que en las iglesias a que antes me referí, allí donde había damas —y la fuente del Acero, como he dicho, atraía a no pocas, con dueñas o sin ellas— hervía la olla de galanes, citas, billetes, tercerías, lances amorosos y de los otros; que a veces lo uno aparejaba, por celos, trabarse de verbos y diretes, echar mano a la blanca y terminar el paseo a cuchilladas. Y es que en aquella España hipócrita y siempre esclava de las apariencias y el qué dirán, donde padres y maridos cifraban el honor en el recato de la mujer y de las hijas hasta el punto de no dejarlas salir a la calle, actividades en principio inocentes, como tomar el acero o ir a misa, se trocaban en ocasión privilegiada de aventuras, intrigas y amoríos:

> *Yo voy fingiendo, mi querido esposo,*
> *que estoy descolorida y opilada,*
> *para engañar a un padre tan celoso*
> *y una tía tan mal intencionada.*

De modo que excuso a vuestras mercedes el ánimo caballeresco, el espíritu de lance con que, a mis cortos años, yo me encaminaba hacia tan novelero lugar en pos del coche de mi amada; lamentando sólo no tener edad para llevar al cinto una bizarra espada y pasar de parte a parte a posibles rivales. Lejos estaba de imaginar que, con el tiempo, aquellas previsiones mías habrían de cumplirse punto por punto. Mas cuando llegó de verdad la hora de matar por Angélica de Alquézar, y lo hice, ni ella ni yo éramos ya unos niños. Y aquello había dejado de ser un juego.

Pardiez. Siempre ando a vueltas con digresiones y saltos en el tiempo que me alejan del hilo de mi historia.

Así que volveré a retomarlo, apuntando algo importante: el entusiasmo por ver a mi amada me había hecho cometer un descuido que más tarde hube de lamentar mucho. Desde la visita de don Vicente de la Cruz, yo había creído detectar en torno a nuestra casa movimientos de gente sospechosa. Nada decisivo, es cierto; sólo un par de caras de las que no solían frecuentar ni la calle del Arcabuz ni la taberna del Turco. Eso no era extraño, pues cerca, en la Cava Baja y otras calles próximas, había posadas de forasteros. Pero aquella mañana yo advertí algo que me hubiera dado que pensar de no hallarme pendiente de la aparición de Angélica, y que sólo más tarde fui considerando por lo menudo, cuando tuve buen tiempo para meditar sobre lo que me había llevado hasta cierto siniestro lugar donde fui. O donde, mejor dicho, me vi obligado a ir, y no precisamente por mi gusto.

La cuestión es que volviendo de misa en las Benitas, mientras yo quedaba a la puerta de la taberna, Diego Alatriste había proseguido camino para llegarse a la estafeta de la calle de los Correos. Y en ese momento, cuando ya el capitán se alejaba vía de Toledo arriba, dos desconocidos que paseaban con aire inocente entre los puestos de fruta habían cambiado unas palabras en voz baja antes que uno de ellos caminara a cierta distancia tras sus pasos. Yo los observé de lejos, y estaba considerando si era casual o si entre aquellos dos se concertaba monipodio, cuando el paso del carruaje de Angélica borró de mi existencia cuanto no fuese ella. Y sin embargo, como luego tuve ocasión de lamentar amargamente, los bigotazos de oreja a oreja, los chapeos de ala ancha calados a lo valentón, las espadas, dagas y andar a lo jaque de aquellos dos bravoneles, tenían que haberme puesto la nariz sobre el hombro. Pero Dios, el diablo o quien nos gaste las pesadas bromas que la vida encierra, gusta siempre de vernos, por nuestro descuido, soberbia o ignorancia, paseando en el filo de la navaja.

Era tan bella como Lucifer antes de ser expulsado del Paraíso. El carruaje se había detenido bajo los álamos que bordeaban el camino, y ella paseaba a pie por los alrededores de la fuente. Seguía llevando el cabello rubio en tirabuzones, y su chamelote de aguas tan azules como sus ojos parecía un trozo desprendido del cielo limpio, sin una sola nube, que enmarcaba, al otro lado de la puente y del río, los tejados y chapiteles de Madrid, la vieja muralla y la maciza mole del Alcázar. Después de trabar las mulas, el cochero se había acercado a un corro donde charlaban colegas de oficio, y la dueña iba a llenar una vasija con agua de la fuente famosa. Angélica estaba sola, por tanto. Sentía mi corazón latir con fuerza cuando me acerqué bajo los árboles, y aún lejos vi a la niña saludar graciosamente a unas damas jóvenes que tomaban un refrigerio, y aceptar una golosina que le ofrecían, mirando a hurtadillas a la distante dueña. Habría dado en ese momento toda mi juventud y todas mis ilusiones por ser, en vez de un humilde pajecillo imberbe, uno de los gallardos hidalgos —o al menos con aspecto de tales— que por el lugar se paseaban, retorciéndose el bigote a la vista de las señoras o jugando de vocablo con ellas sombrero en mano, el puño apoyado galante en la cadera o en el pomo de la espada. Cierto que en el lugar había también gente ordinaria, y no poca, y pronto aprendí con la experiencia a maliciar que en aquel tiempo —como en éste— no era hidalguía cuanto veíase relucir; que abundantes busconas y pícaros se daban aires por vanidad o afán de medro, y que, aun siendo judío o moro, bastaba hacer mala letra, hablar despacio y grave, tener deudas, andar a caballo y llevar espada, para dárselas de hijodalgo y caballero. Pero ya dije una vez que sólo es maestro el bien acuchillado; y a mis pocos años, cualquiera que portase espada y capa, o chapines, basquiña y guardainfante, parecíame persona de calidad. Hasta ese punto era yo poco vivido.

Pasaron unos lindos a caballo, haciendo corvetas junto al estribo de un coche con damas, o daifas, o lo que fuesen, a las que iban requebrando; y deseé con toda el alma ser uno de ellos y poder acercarme de ese modo a Angélica, que se había internado un poco bajo la arboleda y, arregazándose el ruedo del guardapiés con infinita gracia, caminaba entre los helechos que bordeaban el arroyo. Parecía absorta en la contemplación del suelo, y cuando estuve más cerca pude comprobar que seguía camino a una larga fila de industriosas hormigas, que iban y venían con disciplina de lansquenetes tudescos. Yo, arriesgando más que nunca, anduve algunos pasos más, y crujieron ramas en el suelo. Entonces ella alzó los ojos y me vio. O tal vez sea más exacto decir que el cielo y su vestido y su mirada me rodearon cual una nube cálida, y yo sentí mi cabeza girar como cuando en la taberna del Turco el vapor del vino derramado sobre la mesa embotaba mis sentidos y todo parecía ocurrir muy distante y muy despacio.

—Te conozco —dijo.

No sonreía, ni tampoco pareció sorprendida o disgustada por mi presencia. Mirábame fijamente, con curiosidad, del mismo modo que miran las madres y las hermanas mayores antes de decir has crecido una pulgada o te está cambiando la voz. Yo, que por suerte aquel día llevaba un jubón viejo pero limpio, sin remiendos, y unas calzas razonables, y por indicación del capitán me había lavado la cara y las orejas, intenté sostener impasible su escrutinio; y tras una breve lucha con mi cortedad logré devolver sereno la mirada.

—Me llamo Íñigo Balboa —dije.

—Lo sé. Eres amigo de ese capitán Triste, o Batistre.

Me tuteaba, lo que podía ser tanto señal de aprecio como desdén. Pero había dicho amigo del capitán, no paje, o criado. Y además, recordaba perfectamente quién era yo. Eso, que en otras circunstancias podía no ser tranquilizador en absoluto, pues mi nombre o el de Alatriste en boca de la sobrina de Luis de Alquézar eran más certeza de peligro que motivo de satisfacción, a mí se me antojó del todo adorable, holgándome más que con un hábito de Castilla. Angélica retenía mi nombre, y con él una porción de la vida que yo estaba resuelto a poner a sus pies, inmolándosela sin parpadear siquiera. Me sentía, a ver si me entienden, como el hombre que tiene atravesada una daga; que vive mientras la tiene y, en sacándosela, muere.

—¿Tomáis el acero? —pregunté, por romper el silencio que la fijeza de su mirada hacía ya insoportable.

Arrugó la nariz con un graciosísimo mohín.

—Como demasiados dulces —dijo.

Luego se encogió de hombros muy bachillera, como si aquello fuesen argumentos ajenos y además una estupidez, y miró hacia los aledaños de la fuente, donde la dueña se demoraba conversando con alguna amistad.

—Es ridículo —añadió, desdeñosa.

Deduje que Angélica de Alquézar no apreciaba mucho al dragón encargado de su custodia, ni tampoco las prescripciones de los médicos, que con sus sangrías y sus remedios despachan más cristianos que el verdugo de Sevilla.

—Supongo que sí —apunté, cortés—. Cualquiera sabe que los dulces son saludables —recordé vagamente algo que había oído en la taberna al boticario Fadrique—. Crían masa de la sangre y buenos humores... Estoy seguro de que un buñuelo de miel, un melindre o unos huevos de faltriquera tonifican más una naturaleza melancólica que un litro de agua de esta fuente.

Me callé, inseguro de ir más allá, pues hasta ahí llegaban mis saberes facultativos.

—Tienes un acento gracioso —dijo ella.

—Vascuence —repuse—. Nací en Oñate.

—Creía que los vascongados acuchillabais las palabras: *Si lanza arrojas y espada sacas, el agua cuán presto verás que al gato llevas...*

Se rió. Si no sonase a afectación, diría que su risa era de plata. Tintineaba como la plata bruñida que los artesanos sacaban a la puerta de sus tiendas el día del Corpus en la puerta de Guadalajara.

—Ésos son los vizcaínos —maticé algo amoscado, aunque poco seguro de la diferencia—. Oñate está en Guipúzcoa.

Sentí la urgente necesidad de impresionarla, aunque no sabía con qué. Torpemente quise retomar el hilo de mi disertación sobre las propiedades benéficas de los dulces. Ahuequé la voz:

—En cuanto a las naturalezas melancólicas...

Me interrumpí cuando pasó junto a nosotros un perro, un gran mastín pardo que correteaba por las inmediaciones, y por instinto me interpuse, sin pensarlo, entre él y la niña. Alejóse el can sin buscar pendencia, como hiciera el león con don Quijote; y cuando volví a mirarla, Angélica me observaba de nuevo como al principio, curiosa.

—¿Qué sabes tú de mi naturaleza?

Le vibraba en la voz una nota de desafío, y los ojos inmensamente azules se habían vuelto muy serios y nada tenían de infantiles. Me entretuve en su boca aún entreabierta con la pregunta, en su barbilla redondeada y suave, en las espirales rubias de los tirabuzones que pendían sobre sus hombros cubiertos con delicadas puntas flamencas. Luego probé a tragar saliva con el mayor disimulo posible.

—Nada sé todavía —respondí, con la sencillez que pude—. Pero sé que moriría por vos.

Ignoro si me ruboricé pronunciando tales palabras; mas hay cosas que uno debe decir cuando las debe, y si no lo hace arriesga lamentarlo toda su vida. Aunque a veces lo que lamenta después sea precisamente haberlas dicho.

—Moriría —repetí.

Hubo un largo y delicioso silencio. El ama ya venía de regreso, negra bajo sus tocas blancas como urraca de mal agüero, con el cuartillo de agua en la mano. El dragón estaba a punto de tomar de nuevo posesión de mi doncella, así que me dispuse a meterme en baraja, poniendo tierra de por medio. Pero Angélica continuaba observándome cual si fuera capaz de leer en mi interior. Entonces se llevó las manos al cuello y extrajo una cadenita de oro con un pequeño dije colgado. Soltó el fiador, y púsola en mis manos.

—Tal vez un día mueras —susurró.

Y seguía mirándome, enigmática, al decir aquello. Pero al mismo tiempo asomó a su boca de niña una sonrisa tan hermosa, tan perfecta, tan llena de toda la luz de aquel cielo español inmenso como el abismo de sus ojos, que deseé morir en efecto en ese instante, acero en mano, gritando su nombre como allá en Flandes mi padre había gritado el de su rey, su patria y su bandera. Y a fin de cuentas, pensé, quizás todo ello fuera la misma cosa.

Capítulo IV

El asalto

Un perro ladró cuatro veces a lo lejos y después vino de nuevo el silencio. Bien herrado el cinto con pistola, espada y daga, el capitán Alatriste observó la luna que parecía a punto de ensartarse en el chapitel del convento de las Benitas, y después miró, a uno y otro lado, los lugares que quedaban en sombra en la plazuela de la Encarnación. No había moros en la costa.

Se ajustó el coleto de piel de búfalo y echó hacia atrás los faldones del herreruelo que llevaba sobre los hombros. Como si eso fuera una señal, tres siluetas oscuras se deslizaron cerca; y, dos por un lado de la plaza y otra por el contrario, se aproximaron a la tapia del convento. Había una ventana iluminada en él; y a poco alguien mató la luz, encendiéndola otra vez al cabo de un instante.

—Es ella —susurró don Francisco de Quevedo.

Estaba apoyado en la pared, muy negro de sombrero, ropa y capa, y no había probado una sola gota en toda la noche, pese al frío del sereno, a fin —decía— de conservar el pulso. Oí como sacaba despacio media espada de la vaina y luego la dejaba caer, comprobando si corría bien; pero no llegué a ver el gesto. Escuché sin embargo, murmurados entre dientes, un par de sus versos:

No pudieron vencer a mis dolores
las noches, ni dar paz a mis enojos...

Me pregunté brevemente si don Francisco decía aquello para aliviarse la inquietud, para tener el frío a raya, o porque era en verdad hombre de cuajo, capaz de componer versos en las mismas puertas del infierno. De cualquier modo, no era aquella ocasión para apreciar en lo debido el estro del genial satírico. Yo estaba atento al capitán, cuyo perfil oscuro permanecía inmóvil bajo el ala ancha del chapeo, cubierto por un antifaz de sombra. Aún estuvo así un poco, mientras al otro lado de la plaza los tres bultos oscuros que antes habían cruzado se estaban muy quietos, intentando pasar inadvertidos. El perro ladró de nuevo, sólo dos veces esta vez, y de la cuesta de los Caños del Peral vino, como respuesta, el relincho apagado de las mulas del coche que allí aguardaba. Entonces Diego Alatriste volvióse hacia mí, y con la luna que daba en la plazuela vi clarear sus ojos.

—Ten mucho tiento —dijo.

Después me puso una mano en el hombro. Y yo respiré hondo y crucé la plaza como quien se mete en la boca de un lobo, sintiendo fijos en mí los ojos del capitán y, en los oídos, el homenaje que don Francisco tuvo a bien improvisar mientras me alejaba:

Feliz, de piedra el alto muro escala
el que en lozana juventud se fía.

El corazón me iba tan fuerte como por la mañana, junto a Angélica de Alquézar. O tal vez más. Sentía una tensión casi insoportable en el estómago y la garganta, y en mis oídos redoblaban extraños tambores cuando pasé junto a los bultos agazapados de don Vicente de la Cruz y sus hijos. Estaban pegados a la tapia y relucían las armas entre sus capas.

—Date prisa, chico —susurró el padre, impaciente.

Asentí sin decir nada, y seguí la tapia hasta el guardacantón de la esquina. Allí me persigné subrepticiamente, encomendándome al mismo Dios de quien me aprestaba a violar un sagrado recinto. Luego subí sin dificultad al guardacantón —yo tenía entonces la agilidad de un simio— y, sosteniéndome en equilibrio sobre su estrecho remate, pude echar las manos arriba e izarme a pulso hasta que me vi encaramado en lo alto del muro. Allí estuve a horcajadas, procurando no recortarme demasiado en la claridad de la luna, teniendo a un lado, abajo, la calle y la plazuela con los bultos silenciosos de mis compañeros de aventura pegados a la pared; y al otro el silencio umbrío del huerto de las Benitas, sólo roto a intervalos por el chirriar de un grillo noctámbulo. Esperé a que el redoble del tambor decreciese en mis tímpanos antes de moverme de nuevo; y cuando lo hice tintineó, al salirse de mis ropas y rozar en el muro, el dije con la cadena que Angélica de Alquézar me había regalado en la fuente del Acero. Yo había pasado horas mirándolo; parecía antiguo, y en su interior figuraban varios signos grabados, muy extraños y fascinantes:

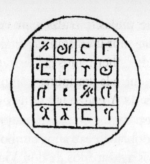

Lo introduje otra vez en la camisa, bien pegado al pecho, esperando que ese amuleto me trajese la suerte que requería el lance. Las ramas de un manzano rozaron mi cara cuando me incliné hacia dentro de la tapia y, tras colgar de las manos, dejéme caer desde seis o siete pies de altura. Rodé por el suelo sin excesivas magulladuras, sacudí la tierra de mi ropa, y, rogando a la Madre de Dios que no hubiese perros sueltos en el lugar, anduve pegado a la tapia hasta la puertecilla y descorrí con diligencia el cerrojo. Apenas hube abierto se colaron dentro don Vicente de la Cruz y sus hijos, embozados en sus capas y con las herreruzas desenvainadas, y cruzaron el huerto con rápidos pasos que la tierra blanda amortiguaba. Aquello, en lo que a mí tocaba, era negocio hecho.

Había cumplido como mozo de hígados; que de no haber empresas no conociéramos a los héroes. Así que salí a la calle, satisfecho, y crucé sin demora la plazuela. Mis instrucciones eran estrictas por parte del capitán: ir a casa por el camino más corto. Anduve arrimado al pretil de la cuesta, dejando las Benitas y la Encarnación a mi espalda, sereno y henchido de orgullo porque todo había salido a pedir de boca. Entonces me asaltó la tentación de permanecer en los alrededores, cerca del coche que aguardaba con las mulas trabadas, para ver, aunque fuese a la luz de la luna y por un instante, a la doncella rescatada cuando su padre y hermanos la llevaran hasta allí. Dudé un momento entre la disciplina y el gusto, sin llegar a resolverme del todo. Y en esa irresolución estaba cuando oí el primer disparo.

Eran al menos diez, calculó Diego Alatriste mientras desenvainaba espada y daga. Y en el patio del convento, algunos más. Salían de todas partes, de las esquinas y los zaguanes, y calle y plazuela relucían de aceros desenvainados mientras los gritos «¡Ténganse a la Inquisición!» y «¡Favor al rey!» atronaban la noche de arriba abajo. Sonaron más tiros al otro lado de la tapia de las Benitas, y un confuso tropel apareció en la puertecilla, con mucha gente trabándose a estocadas. Por un momento Alatriste creyó ver unas tocas blancas de novicia entre el vaivén de aceros, pero la escena quedó oculta por el resplandor de dos nuevos pistoletazos. Y, además, era momento de cuidar la propia salud. El grito de *ténganse a la Inquisición* bastaba para erizarle el cabello a cualquiera; y, de haber espacio para ello, el capitán habríase impresionado lo mucho que las circunstancias reclamaban. Pero ya estaba luchando por salvar la piel, y en tales trances igual daba Inquisición que corchetes del corregidor: lo mismo degüella cuchilla seglar que rociada con agua bendita. Paró con su daga la estocada de una sombra que parecía materializarse de la nada a su espalda, hizo a la sombra retroceder con tres mandobles y un voto a Dios, y por el rabillo del ojo vio que don Francisco de Quevedo se enfrentaba a otras dos. Era superfluo —hubiera exigido gastar resuello necesario a otros menesteres— gritar traición o algo por el estilo. Así que don Francisco y el capitán se aplicaron a batirse con la boca más o menos cerrada. Fuera quien fuese el responsable, la emboscada estaba clara y allí no quedaba sino vender caras las asaduras de cada uno. El que había atacado antes cerraba de nuevo contra Alatriste; así que éste, intuyendo el acero enemigo por su reflejo, afirmó los pies, paró justo a tiempo un buen tajo de revés, avanzó un pie y luego el otro, sujetó la espada del adversario entre el codo y el costado, adelantó la punta de la suya, y al extremo de la herreruza pudo oír el adecuado grito de dolor cuando marcó al otro en la cara. Por fortuna los familiares de la Inquisición no eran Amadises, y aquello resultaba llevadero. Retrocedió en la oscuridad hasta apoyar la espalda en un muro, y aprovechó el respiro para echarle un vistazo a don Francisco. El poeta, fiel a su probada destreza, cojeando y maldiciendo ahora entre dientes, mantenía a raya a quienes lo acosaban; pero llegaba más gente, y pronto iban a faltar manos para sangrar tanto puerco. Por suerte, casi todos los atacantes se concentraban junto a la tapia de las Benitas, donde la confusión y los gritos iban en aumento. Era obvio que don Vicente de la Cruz y sus hijos andaban listos de memoriales. Hasta el capitán llegó el olor de cuerdas de arcabuz encendidas.

—¡No queda sino largarse! —le gritó a don Francisco, intentando hacerse oír por encima del cling clang de los aceros.

—¡Eso intento! —replicó el poeta, entre mandoble y mandoble—... ¡Desde hace rato!

Acababa de matar a uno de sus adversarios y retrocedía a lo largo del muro, con el otro pegado a la toledana. Una nueva sombra apareció de improviso ante Alatriste, o tal vez fuera la misma de antes que se había rehecho y venía con las de Mahoma, a cobrarse el tajo de la cara. Hubo chispas al chocar las espadas entre sí y contra la pared, y luego el capitán, protegiéndose con el antebrazo izquierdo a la altura de la cabeza, aprovechó que el otro se afirmaba entre dos movimientos para arrojarse contra él y darle una patada que lo hizo trastabillar. Después acuchilló de cerca con espada, daga, y luego otra vez espada. Cuando su enemigo quiso enderezarse, al menos dos cuartas de acero del capitán debían de asomarle por la espalda.

—¡Virgen santísima! —le oyó murmurar, echando el aliento al tiempo que Alatriste le sacaba la hoja del pecho. Después blasfemó, invocó de nuevo a la Virgen y cayó de rodillas pegado a la pared, mientras su espada resonaba metálica en el suelo, entre sus muslos.

Alguien se alejó corriendo del tropel de gente arremolinado ante el convento. Entonces empezaron los tiros de arcabuz, y la calle y la plazuela parecían una fiesta de cohetes y pólvora. Algunas balas zurrearon cerca del capitán y de don Francisco, y una se aplastó entre ellos, en el muro.

—Joder —dijo Quevedo.

La cosa no estaba para endecasílabos. Y llegaba más gente. Alatriste, empapado en sudor bajo el coleto de búfalo que ya le había ahorrado al menos tres buenas mojadas aquella noche, miró alrededor buscando el modo de zafarse y huir. Al retroceder ante una acometida, don Francisco se acercó al capitán de modo que sus hombros se tocaron. El pensamiento del poeta era idéntico.

—Que cada perro —dijo con voz entrecortada, entre una finta y un ataque— se lama su pija.

Tenía al segundo adversario revolviéndose herido en el suelo, a sus pies; pero ya andaba trabado con otro y empezaban a faltarle las fuerzas. Entonces el capitán, que estaba más desembarazado, púsose la daga entre los dientes, sacó del cinto con la zurda la pistola de chispa, y a medio palmo del enemigo que acosaba al poeta descerrajó un pistoletazo que le llevó media quijada. El fogonazo del tiro contuvo un instante a los que se acercaban, y aprovechando el respiro, sin hacerse de rogar, don Francisco echó a correr muy lindamente a pesar de su cojera, como por la posta.

Tras un instante para estorbar que lo siguieran, Alatriste hizo lo mismo, eligiendo una calleja que tenía prevista según costumbre de los soldados veteranos, hechos a industriar caminos de retirada antes de trabarse en combate; pues luego, cuando viene un mal naipe, no siempre quedan salud o claridad de juicio para tan útil diligencia. La callecita discurría bajo un arco y se cerraba en una tapia que el fugitivo pudo saltar sin dificultad, aunque espantando gallinas sobre cuyo cobertizo cayó con estrépito. Alguien hizo luz y gritó en una ventana, pero ya el capitán pasaba al otro lado del patio, tropezando en la oscuridad sin lastimarse mucho. Y tras franquear una valla viose al otro lado, libre y en razonable estado de salud salvo algunos arañazos; con la boca más seca que las dunas de Nieuport. Buscó un rincón oscuro para tomar aliento mientras se preguntaba si don Francisco de Quevedo habíase o no puesto en cobro. Cuando pudo oír algo más que el resuello de su propia respiración, comprobó que en el convento de las Benitas ya no sonaban tiros ni gritos; nadie iba a dar un maravedí por la piel de don Vicente de la Cruz y sus hijos. Eso, pardiez, en el caso poco probable de que alguno siguiera vivo.

Oyó pasos corriendo, como de gente armada, y hubo resplandor de faroles por las esquinas. Después volvió el silencio. Más descansado y dueño de sí, estúvose mucho rato quieto en la oscuridad. El sudor que se le enfriaba bajo el coleto lo hacía temblar; pero no paró demasiado en ello. Se preguntaba una y otra vez quién les había tendido aquella trampa.

Los disparos y el batir de aceros habíanme hecho regresar sobre mis pasos, mientras me preguntaba angustiado qué ocurría en la plazuela de la Encarnación. Eché a correr de vuelta, mas a poco la prudencia hizo camino en mi ánimo. Quien pierde el seso —era una de las máximas soldadescas que había aprendido del capitán— termina perdiendo también la cabeza, a menudo con la ayuda indeseable de una soga. Me detuve, por tanto, con el corazón desbocado en el pecho, mientras intentaba considerar qué era lo más oportuno, y en qué mi presencia podía ayudar o estorbar a mis amigos. En eso estaba cuando sentí rumor de pasos que se acercaban a la carrera, y el escalofriante grito de «¡Ténganse a la Inquisición!», que en aquel tiempo, como he dicho a vuestras mercedes, bastaba para erizar la piel al más crudo valentón de la jacaranda. Túveme, en efecto, con harta precaución, y en un santiamén había saltado poniéndome en cobro bajo el murete de piedra que, a modo de pretil, bajaba a lo largo de la cuesta. Apenas rehecho del golpe oí los pasos arriba, más tiros y gritos, y chocar de aceros cercano. No tuve tiempo de inquietarme más por la suerte del capitán y don Francisco, pues empezó a preocuparme de veras la mía cuando un cuerpo cayó desde encima. Me dispuse a saltar de allí como una liebre, pero el recién llegado profirió un lastimero gemido que me hizo reparar en él, de modo que la claridad de la luna bastó para que reconociese al más joven de los dos hermanos de la Cruz, el llamado don Luis, que venía malherido en su fuga desde el convento. Fuime a él, y me miró en la semioscuridad con ojos espantados, que la parva luz de la noche hacía brillar febriles. Púsome la mano en la cara, como suelen los ciegos para conocer a la gente, y luego se inclinó hacia adelante, vencido por algo que en un primer momento tomé por desmayo hasta que, al apoyar mis manos en él, las retiré mojadas en sangre. Venía don Luis pasado de parte a parte por algún tiro de arcabuz y varias cuchilladas, y cuando se venció en mis brazos olí sudor fresco mezclado con el dulzor nauseabundo de la sangre.

—Ayúdame, chico —le oí murmurar.

Lo había dicho tan bajo y tan débil que apenas pude entender sus palabras; y el aliento que se le escapó con ellas pareció debilitarlo más. Quise incorporarme tirando de él por un brazo, pero pesaba mucho y las heridas lo estorbaban; sólo pude arrancarle un prolongado quejido de dolor. Venía sin espada, armado con una daga al cinto, cuya empuñadura toqué al intentar alzarlo.

—Ayúdame —repitió.

Así, moribundo, parecía mucho más joven, casi de mi edad; y todo lo que su apariencia y gallardía me habían impresionado antes se desvaneció por completo. Él era mayor y buen mozo, pero estaba lleno de agujeros; y yo, sin embargo, seguía sano y era su única esperanza. Eso me hizo sentir una singular responsabilidad. Así que, reprimiendo la natural querencia de dejarlo allí y buscar resguardo con toda la presteza de mis piernas, peguéme a él, pasé sus brazos sobre mis hombros y quise cargarlo a espaldas; pero estaba harto desmadejado y resbalaba en su propia sangre. Pasé una mano por mi cara, desesperado, y al hacerlo tiñóse toda con el líquido viscoso que me goteaba encima. Don Luis había caído de nuevo, apoyado contra el murete de piedra, y ya apenas se dolía. Intenté buscar a tientas alguno de los boquetes grandes por los que se le iba el alma, para taponárselo con un lienzo que saqué de mi faltriquera; pero cuando hallé uno y metí los dedos dentro, como Santo Tomás, supe que daba igual, y que aquel mozo no iba a ver levantarse el día.

Me sentía extrañamente lúcido. Es hora de irte, Íñigo, me dije. Los disparos y la algazara habían cesado en la plazuela, y el silencio era más amenazador si cabe. Pensé en el capitán y en don Francisco. A tales horas podían estar muertos, presos o en fuga; y ninguna de las tres posibilidades era alentadora, por más que mi confianza en el acero del poeta y en la serenidad de mi amo inclinase a creerlos en cobro, o acogidos a la seguridad de alguna iglesia próxima. Aunque pocas había abiertas a tan menguada hora.

Me incorporé despacio. Hecho un ovillo, Luis de la Cruz ya no se quejaba. Moría silenciosamente, y sólo llegaba hasta mí su respiración, cada vez más débil y entrecortada, que anegaba de vez en cuando un siniestro gorgoteo. Ya no tenía fuerzas para pedir ayuda ni llamarme chico. Se ahogaba en su propia sangre, derramada lentamente en una gran mancha oscura que la claridad lunar iluminaba en el suelo.

Sonó un último tiro de pistola o arcabuz, muy alejado, como si persiguieran a alguien; y me aferré a ese tiro con la esperanza de que alguien lo hubiese disparado, impotente, contra la sombra fugaz de un capitán Alatriste que se ponía a salvo en la oscuridad. En cuanto a mi joven pellejo, era hora de buscarle resguardo. Así que me llegué hasta el moribundo, extrájele del cinto aquella daga que no iba a servirle de nada en el viaje, y con ella en la mano me incorporé resuelto a largarme de allí.

Entonces oí la musiquilla. Una especie de tirurí-ta-ta que alguien silbaba a mi espalda. Eso me dejó helado, y mis dedos pringosos con la sangre de Luis de la Cruz se crisparon en la empuñadura. Me volví muy despacio, alzando el acero; y, al hacerlo, éste relució brevemente ante mis ojos. Apoyada en el extremo del murete de piedra había una sombra que me era familiar: una silueta oscura envuelta en capa y sombrero negro de anchas alas. Y, reconociéndola, supe que la trampa era mortal, y que también se había cerrado sobre mí.

—Volvemos a encontrarnos, rapaz —dijo la sombra.

La voz quebrada, chirriante, de Gualterio Malatesta sonaba en el silencio de la noche como una sentencia de muerte. Dirán vuestras mercedes que cómo diablos me quedé allí, plantado sobre mis pies, en vez de salir cual ánima que llevara el diablo, o huyera de él. Las razones son dos: de una parte, la aparición del italiano me había dejado tan quieto como un poste clavado en el suelo; de la otra, mi enemigo se interponía justo en el camino de fuga que yo debía seguir para abandonar el rincón junto al pobre Luis de la Cruz. El caso es que allí me quedé, sosteniendo la daga ante mí, mientras Malatesta me observaba con calma, cual si tuviera por delante todo el tiempo del Averno.

—Volvemos a encontrarnos —repitió.

Luego se apartó del murete casi con esfuerzo, igual que si le diera pereza moverse, y avanzó un paso hacia mí. Uno sólo. Pude ver que llevaba la espada dentro de la vaina. Moví un poco la daga, sin bajarla, y volvió ésta a brillar suavemente entre él y yo.

—Dame eso —dijo.

Apreté los dientes sin responder, para que no alcanzase a calcular todo mi miedo. A un lado, en el suelo, el moribundo emitió un último gemido y dejé de oír su estertor. Haciendo caso omiso de mi acero desnudo, Malatesta dio dos pasos más en su dirección y se inclinó un poco, atento.

—Menos trabajo para el verdugo.

Lo empujó con un pie mientras hablaba. Después volvióse de nuevo a mí, que seguía amenazándolo con la daga. Comprobé, pese a la oscuridad, que parecía sorprendido de verme aún con ella en la mano.

—Déjalo ya, rapaz —murmuró, sin prestarme casi atención.

Otras sombras se destacaban alrededor, hombres armados que se iban acercando; y éstos sí traían pistolas, espadas y dagas desenvainadas. La luz de un farol dobló la esquina sobre el murete, se asomó arriba de nuestras cabezas y descendió luego por la cuesta. A su resplandor pude ver la sombra negra del italiano deslizarse sobre Luis de la Cruz. El joven estaba inmóvil, acurrucado en el suelo; y de no ser por los ojos abiertos, fijos ante sí, hubiérase dicho que dormía en un inmenso charco rojo.

El farol ya se acercaba, proyectando ahora sobre mí la sombra de Malatesta. Lo vi recortarse en el contraluz junto a los reflejos metálicos de los hombres que llegaban. Yo seguía manteniendo la daga alzada. Y cuando el farol se detuvo cerca, iluminó lateralmente el rostro flaco y picado de viruela y cicatrices del espadachín, semejante a una siniestra faz de la luna. Sobre su bigote, recortado muy fino, los ojos tan negros como su indumentaria me estudiaban con divertida atención.

—Date preso a la Santa Inquisición, rapaz —dijo, y la temible fórmula sonaba a burla en su boca, con aquella sonrisa que era una amenaza.

Yo estaba aterrado en demasía para responder o moverme, así que no lo hice. Me estuve inmóvil, siempre con la daga empuñada en alto; e imagino que, visto desde afuera, eso podía interpretarse como resolución. Tal vez por ello creí sorprender curiosidad, o interés, en la mirada negra de mi enemigo. Al cabo de un instante, algunos de los esbirros que nos rodeaban hicieron ademán de ocuparse de mí; pero Malatesta los detuvo con un gesto. Después, muy despacio, cual si estuviera dándome la oportunidad de reflexionar, sacó la espada de la vaina. Una espada enorme, interminable, de grandes gavilanes y amplia cazoleta. Contempló unos momentos la hoja, con aire reflexivo, y luego alzóla lentamente hasta que relució ante mí. Junto a ella, mi pobre daga parecía ridícula. Pero era mi daga. Así que, aunque el brazo empezaba a pesarme como si estuviera cargado de plomo, la mantuve delante, siempre quieto, mirando los ojos del italiano como quien mira los ojos fascinadores de una serpiente.

—Tiene hígados, el mozo.

Hubo risas entre las sombras que nos cercaban tras el farol. Malatesta alargó su acero hasta rozar la punta de mi daga. Aquel toque metálico me erizó el vello en la nuca.

—Déjalo ya —dijo.

Alguien volvió a reír, y aquella risa me encendió la sangre. Tiré una cuchillada violenta para apartar el acero de Malatesta, y el cling resonó igual que un desafío. De pronto, sin saber cómo, vi la punta de su espada a dos pulgadas de mi cara, inmóvil, cual si considerase muy por lo menudo atravesarme o no. Tiré otra cuchillada, mas la hoja desapareció de pronto y mi golpe se perdió en el vacío.

Hubo nuevas risas. Y yo sentí por mí mismo una pena muy honda y un gran desconsuelo; una tristeza infinita que me hizo subir las ganas de llorar, no a los ojos —que mi orgullo mantenía secos—, sino al corazón y la garganta. Y comprendí que hay cosas que ningún hombre puede tolerar, aunque le vaya la vida en ello, o justamente porque le va en ello más que la vida. Y en esa tristeza rememoré los montes y los campos verdes de mi infancia, y el humo de los caseríos en el aire húmedo de la mañana, y el recuerdo de las manos duras y ásperas de mi padre, con el roce de su mostacho de soldado el día que me abrazó por última vez siendo yo muy niño, antes de ir a buscar su destino bajo los muros de Jülich. Y sentí el calor de la chimenea, y entreví el escorzo de mi madre inclinada junto al fuego, cosiendo o cocinando; y la risa de mis hermanillas que jugaban cerca. Y añoré desesperadamente el calor tibio del lecho al amanecer los días de invierno. Y después fue el cielo azul como los ojos de Angélica de Alquézar el que lamenté no tener sobre mí, en vez de acabar en la oscuridad, a la luz de un farol, de aquel modo tan sombrío y tan triste. Pero nadie escoge el momento, y aquel sin duda era el mío.

Es hora de morir, me dije. Y con todo el vigor de mis trece años, y con toda la desesperación de cuantas cosas hermosas ya no serían posibles para mí, nunca, miré con fijeza la punta reluciente del acero enemigo y encomendé mi alma a Dios torpemente, con una rápida oración que mi madre me había enseñado en su lengua vascuence con mis primeras palabras. Y luego, seguro de que mi padre estaría aguardándome con los brazos abiertos y una sonrisa de orgullo en la boca, empuñé bien fuerte la daga, cerré los ojos y me arrojé, tirando cuchilladas a ciegas, contra la espada de Gualterio Malatesta.

Viví. Después, cada vez que quise recordar el momento, sólo pude recomponerlo mediante una rápida sucesión de sensaciones: el brillo último de la espada ante mí, la fatiga del brazo asestando golpes a diestro y siniestro, el impulso hacia adelante sin dar en nada, ni acero, ni dolor, ni resistencia. Y, de pronto, el contacto con un cuerpo sólido, recio, y unas ropas, y una mano fuerte que me sujetaba, o más bien parecía abrazarme cual si temiera que me lastimase. Y mi brazo intentando liberarse para apuñalar, mientras yo me debatía en silencio, y una voz con vago acento italiano susurraba «¡tranquilo, rapaz, tranquilo!» casi con ternura, sujetándome como si el daño con la daga me lo fuera a infligir yo mismo. Y luego, mientras seguía debatiéndome con la cara hundida entre aquel ropaje oscuro que olía un poco a sudor y un poco a cuero y a metal, la mano que parecía abrazarme o protegerme retorcióme el brazo despacio, sin excesiva brutalidad, hasta que hube de soltar la daga. Entonces, a punto de echarme a llorar y deseando poder hacerlo, así aquel brazo con fuerza, con rabia, como un perro de presa dispuesto a hacerse matar en el sitio. Y no cejé hasta que aquella misma mano se cerró en un puño, y un golpe detrás de mi oreja hizo estallar la noche en mil pedazos y me sumió en un sueño repentino y brutal. Un vacío negro, profundo, donde caí sin proferir un grito ni una queja. Dispuesto a ir a Dios como buen soldado.

Después soñé que no había muerto. Y me aterró la certeza de que iba a despertar.

Capítulo V

En el nombre de Dios

Desperté con sobresalto, dolorido, en la oscuridad de un coche en movimiento cuyas ventanillas estaban cegadas. Sentía un peso extraño en las muñecas, y al moverme escuché un tintineo metálico que me llenó de espanto: llevaba grilletes de hierro, y éstos se hallaban sujetos al suelo del carruaje con una cadena. A través de las rendijas vislumbré luz, por lo que deduje era ya entrado el día. De cualquier modo, yo no tenía idea del tiempo transcurrido desde mi prisión; pero el carruaje rodaba a velocidad regular, y a veces, en las cuestas, oía el chasquido del látigo y los gritos del cochero fustigando a las mulas. También sonaban cascos de caballerías junto al estribo, yendo y viniendo. Me conducían, pues, fuera de la ciudad, encadenado y con escolta. Y según había oído al caer preso, quien me llevaba era la Inquisición. No había que estrujarse mucho el magín para concluir lo evidente: si alguien tenía un negro futuro en perspectiva, ese alguien era yo.

Lloré. Me puse a llorar con desconsuelo en la oscuridad traqueteante del carruaje, donde nadie podía verme.

Lloré hasta que no me quedaron lágrimas, y luego, sorbiéndome los mocos, me acurruqué en un rincón y me puse a esperar, muerto de miedo. Como todos los españoles de entonces, yo sabía suficiente de los usos inquisitoriales —aquella siniestra sombra formó durante años y años parte de nuestras vidas— para conocer cuál era mi destino: las temibles mazmorras secretas del Santo Oficio, en Toledo.

Creo haber hablado antes a vuestras mercedes de la Inquisición. Lo cierto es que no fue aquí peor que en otros países de Europa; aunque holandeses, ingleses, franceses y luteranos, que eran entonces nuestros enemigos naturales, la incluyeran en esa infame Leyenda Negra con la que justificaron el saqueo del imperio español en la hora de su decadencia. Verdad es que el Santo Oficio, creado para velar por la ortodoxia de la fe, en España fue más riguroso que en Italia y Portugal, por ejemplo, y aún peor en las Indias Occidentales. Pero Inquisición hubo también en otros sitios. Y además, con su pretexto o sin él, tudescos, franceses e ingleses chamuscaron más heterodoxos, brujas y pobres desgraciados que los quemados en España; donde, merced a la puntosa burocracia de la monarquía austríaca, todos y cada uno de los chicharrones que hubo, muchos pero no tantos, figuran debidamente registrados con procesos, nombres y apellidos. Cosa de la que no pueden presumir, por cierto, los gabachos del rey cristianísimo de Francia, los malditos herejes de más arriba o la Inglaterra siempre falsa, miserable y pirata; que cuando quemaban ellos lo hacían alegremente y a montón, sin orden ni concierto y según les venía en ganas o en intereses, condenado hatajo de hipócritas. Además, en aquel tiempo la justicia seglar era tan cruel como la eclesiástica, y las gentes también lo eran, por incultura y por afición natural del vulgo a ver descuartizar al prójimo. De cualquier modo, la verdad es que a menudo la Inquisición fue un arma de gobierno en poder de reyes como nuestro cuarto Felipe, que dejó en sus manos el control de cristianos nuevos y judaizantes, la persecución de brujos, bígamos y sodomitas, e incluso la potestad de censurar libros y combatir el contrabando de armas y caballos, y el de la moneda y su falsificación. Esto, con el argumento de que contrabandistas y monederos falsos perjudicaban grandemente los intereses de la monarquía; y quien era enemigo de ésta, defensora de la fe, lo era también de Dios, en corto y por derecho.

Y sin embargo, a pesar de las calumnias extranjeras, y a pesar de que no todos los procesos se resolvieron en la hoguera y hubo numerosos ejemplos de piedad y de justicia, la Inquisición, como todo poder excesivo en manos de los hombres, resultó nefasta. Y la decadencia que sufrimos los españoles en el siglo —polvos que trajeron y traerán todavía muchos lodos— puede explicarse, ante todo y sobre todo, por la supresión de la libertad, el aislamiento cultural, la desconfianza y el oscurantismo religioso creados por el Santo Oficio. Era tan grande el horror que esparcía, que hasta sus llamados familiares, agentes colaboradores de la Inquisición —oficio que podía adquirirse con dinero—, gozaban de completa impunidad. Decir familiar del Santo Oficio equivalía a decir espía o delator, y de ellos se censaban 20.000 en la España del católico Felipe. Con ese panorama, hagan cuentas vuestras mercedes de lo que la Inquisición significó en un país como el hispano, donde a la Justicia la movía menos un toro que un doblón de a ocho, donde se compraba y se vendía hasta el Santísimo Sacramento, y donde, además, cada hijo de vecino tenía cuentas que ajustar con otro, sin que hubiese dos españoles —y a fe mía sigue sin haberlos— que tomaran el chocolate para el desayuno de la misma forma: de Guaxaca aquél, negro el otro, ése removido con leche, éste con picatostes y el de más allá en jícara y con torrijas. La cuestión ya no era ser buen católico y cristiano viejo, sino parecerlo. Y nada lo parecía más que delatar a quienes no lo eran; o a quienes uno sospechaba, por viejos rencores, celos, envidias o querellas, que bien pudieran no serlo. Y entre el paisanaje, como era de esperar, llovían las denuncias, y el sé de buena tinta, y el cuentan que, igual que si cayese granizo. Así, cuando el dedo implacable del Santo Oficio apuntaba a algún infeliz, éste se veía abandonado en el acto de valedores, amigos y parientes. Y de ese modo acusaba el hijo al padre, la mujer al marido, y el preso necesitaba delatar a cómplices, o inventarlos, para escapar a la tortura y a la muerte.

Y ahí estaba yo, a mis trece años, atrapado en aquella red siniestra, sabiendo lo que me esperaba y sin atreverme siquiera a parar muchas mientes en ello. Conocía historias de gente que se había quitado la vida para escapar al horror de las cárceles hacia las que me llevaban; y debo confesar que allí, en la oscuridad del carruaje, llegué a comprenderlos bien. Hubiera sido más fácil y más digno, discurría, haberme ensartado en la espada de Gualterio Malatesta y concluir el negocio con rapidez y limpieza. Pero, sin duda, la Divina Providencia quería hacerme pasar por esa prueba. Suspiré hondo, acurrucado en mi rincón, resignado a afrontarla sin remedio. Aunque no hubiera estado de más, meditaba, que la Providencia, divina o no, le hubiera reservado aquella prueba a cualquier otro.

Durante el resto del viaje pensé mucho en el capitán Alatriste. Deseaba con toda mi alma que estuviera a salvo, tal vez en algún lugar cercano, dispuesto a liberarme. Pero la idea no se sostuvo mucho tiempo. Aun en el caso en que hubiera escapado de lo que, sin duda, era trampa bien aderezada por sus enemigos, aquel no era un libro de caballerías; y los grillos que tintineaban en mis manos con el movimiento del carruaje eran harto reales. Como lo eran el miedo y la soledad que sentía, y mi destino incierto. O cierto, según el punto de vista. El caso es que, más adelante, la vida y el paso del tiempo, las aventuras, los amores, y las guerras del rey nuestro señor, hiciéronme perder la fe en muchas cosas. Pero ya entonces, pese a mis pocos años, yo había dejado de creer en los milagros.

El carruaje se detuvo. Oí cómo el cochero cambiaba las mulas, así que de fijo parábamos en algún relevo de posta. Me aplicaba a calcular dónde estaríamos, cuando se abrió la portezuela; y el resplandor repentino de la luz deslumbróme de tal modo que durante unos instantes fui ciego. Me froté los ojos y, cuando pude ver, Gualterio Malatesta se hallaba junto al estribo, observándome. Vestía como siempre de negro riguroso, incluso guantes y botas, pluma negra en el sombrero y aquel bigote fino que acentuaba la delgadez de sus facciones, forzando el contraste entre la pulcritud de su recorte y el rostro donde lucía, tan devastado por marcas y cicatrices que recordaba un campo de batalla. A su espalda, al término de un amplio declive del terreno y a cosa de media legua, pude ver que Toledo se recortaba en el paisaje dorado por el sol poniente, con sus viejas murallas coronadas por el alcázar del emperador Carlos.

—Aquí nos despedimos, rapaz —dijo Malatesta.

Lo miré aturdido, sin comprender. El mío debía de ser un aspecto lamentable, con toda la sangre seca del pobre Luis de la Cruz en mi cara y ropas, y las huellas del viaje. Por un momento creí ver fruncirse el ceño del italiano, como si no estuviera satisfecho de mi estado, o de mi situación. Yo seguía mirándolo, confuso.

—Aquí se hacen cargo de ti —añadió, al cabo.

Inició un esbozo de sonrisa: aquel gesto suyo lento, cruel y peligroso, que descubría los dientes blancos como colmillos de un lobo. Pero lo interrumpió en seguida, cual con desgana. Tal vez estimó que yo estaba asaz abatido como para mortificarme con su mueca. Lo cierto es que no parecía del todo a sus anchas. Todavía me observó un momento y luego, otra vez inescrutable, apoyó la mano en la portezuela para cerrarla de nuevo.

—¿Dónde me llevan? —pregunté.

Mi voz había sonado débil, tan desconocida como si perteneciera a otro. El italiano se quedó quieto. Sus ojos negros como la muerte me miraban sin parpadear. Gualterio Malatesta siempre te miraba igual que si no tuviera párpados.

—Allí.

Señalaba con un gesto del mentón la ciudad que tenía a la espalda. Miré su mano apoyada en la portezuela como si fuera la mano del verdugo, y aquella la losa de una tumba. Luego quise prolongar lo que mi instinto decía era la última luz del sol que iba a ver en mucho tiempo.

—¿Por qué?... ¿Qué he hecho?

No respondió. Sólo siguió observándome un poco más. Hasta mí llegaba el ruido del cambio de mulas, y al enganchar las de refresco se estremeció el carruaje. Vi pasar por detrás del italiano a varios hombres armados hasta los dientes, y entre ellos los hábitos negros y blancos de un par de frailes dominicos. Uno me dirigió al pasar una ojeada indiferente y breve, cual si en vez de a ser humano la dirigiese a un objeto; y aquella mirada me produjo más miedo que ninguna otra cosa.

—Lo siento, rapaz —dijo Malatesta.

Parecía haber leído el horror en mi pensamiento. Y que me lleve el diablo si en aquel momento no pensé de veras que era sincero. Fue sólo un instante, sin embargo. Esas tres palabras, y apenas un reflejo en la oscuridad de su mirada. Mas cuando quise ahondar en lo que creí atisbo de compasión, topéme de nuevo con la máscara impasible del sicario. Vi que empezaba a cerrar la portezuela.

—¿Qué es del capitán? —pregunté angustiado, intentando retener un poco más aquel sol que estaban a punto de arrebatarme, quizá para siempre.

Siguió callado. Quedaban dos cuartas de luz enmarcando su rostro sombrío. Y entonces sí que advertí, sin lugar a dudas, un levísimo relámpago de despecho cruzarle el semblante. Duró sólo un momento, y en el acto quedó oculto tras la mueca cruel, la sonrisa peligrosa, carnicera, que por fin crispó los labios pálidos y fríos del italiano. Pero entonces mi corazón ya saltaba de gozo y la mueca se me daba una higa; pues comprendí, en el acto y con toda certeza, que Diego Alatriste había logrado eludir la emboscada.

Entonces Malatesta cerró de golpe y quedé otra vez en tinieblas. Oí órdenes confusas, el galope de un caballo alejándose y luego el látigo del cochero. Después, las mulas se pusieron en marcha y el carruaje rodó, conduciéndome allí donde ni siquiera Dios iba a estar de mi parte.

El desamparo de estar en manos de una maquinaria omnipotente, desprovista de sentimientos y por tanto de piedad, se manifestó apenas me hicieron descender del coche en un lóbrego patio interior, que el crepúsculo hacía más sombrío. Después de quitarme los grilletes fui conducido a un sótano por una escolta silenciosa de cuatro esbirros del Santo Oficio y los dos dominicos que había entrevisto en el cambio de mulas. Ahorro a vuestras mercedes los trámites: desde desnudarme en minucioso registro, a interrogatorio preliminar por un escribano que reclamó de mí, gracia, apellidos, edad, nombre de mi padre y de mi madre, el de mis cuatro abuelos y el de mis ocho bisabuelos, vivienda actual y lugar de origen. Después, en rutinario tono de trámite, comprobó mis conocimientos de buen cristiano haciéndome recitar el padrenuestro y el avemaría, antes de pedirme el nombre de cuanta persona pudiera recordar relacionada con mi situación. Pregunté cuál era mi situación, y no me la dijo. Pregunté por qué estaba allí, y tampoco. Al volver a insistirme sobre mis conocidos no respondí, aparentando confusión y miedo, o más bien —si he de ser franco— limitándome a exteriorizar los sentimientos sinceros que embargaban mi ánimo. Ante la insistencia del amanuense me eché a llorar sin consuelo, y eso pareció bastar de momento, pues dejó la pluma en el tintero, echó polvos en la página fresca y guardó los pliegos. Resolví, de ese modo, recurrir al llanto siempre que me viera apretado; aunque mucho temía no requerir esfuerzo para ello. Porque si algo no iba a faltar allí adentro, barruntaba en mi desdicha, eran motivos para derramar lágrimas.

Después de aquello, cuando creía haber finiquitado el trámite, comprobé que era sólo el proemio, o prólogo, y que el primer acto ni siquiera había comenzado todavía. Lo supe cuando fui llevado a una habitación cuadrada, sin ventanas ni saeteras, iluminada por un gran candelabro y cuyo mobiliario era una mesa grande, otra pequeña con recado de escribir, y unos pocos bancos. Junto a la mesa grande se sentaban los dos frailes de la parada de postas, y un tercer individuo de barba oscura y ropón negro que le daba imponente aspecto de relator o de juez, con una cruz de oro al pecho. Tras la mesa pequeña se sentaba un escribano distinto al del interrogatorio preliminar: un tipo con aire de cuervo que apuntaba por lo menudo cuanto allí se decía, y mucho llegué a temer que también lo que no se decía. Dos esbirros, uno alto y fuerte y otro pelirrojo y flaco, me vigilaban. Y en la pared había un enorme crucifijo, cuyo inquilino parecía haber pasado antes por las manos de aquel mismo tribunal.

Como supe a partir de ahí, lo más terrible de estar preso en las cárceles secretas de la Inquisición era que nadie te decía cuál era el delito, ni qué pruebas o testigos había contra ti, ni nada de nada. Los inquisidores se limitaban a formular pregunta tras pregunta, con el escribano anotándolo todo, mientras te estrujabas el seso queriendo averiguar si lo que decías iba a cuenta de tu descargo o tu condena. Podías pasar así semanas, meses e incluso años ignorándolo todo sobre la causa de la prisión; con el agravante de que si tus respuestas no eran satisfactorias, recurríase al tormento para facilitar la confesión y pruebas necesarias. De ese modo eras torturado y respondías sin ton ni son, ignorante de lo que en verdad tenías que responder; y todo te arrastraba a la desesperación, la delación consciente o inconsciente de tus amigos y de ti mismo, y a veces a la locura y la muerte. Eso, cuando no ibas luego con sambenito y encorozado al cadalso, el garrote en torno al cuello, una pira de buena leña bajo los pies, y tus vecinos y antiguos conocidos aplaudiendo en la plaza, encantados con el espectáculo.

Al menos yo sí sabía por qué estaba allí; aunque eso tampoco fuera gran consuelo. Por ello, tras las preguntas iniciales pronto vime en serios aprietos. Sobre todo cuando el fraile más joven, el mismo que me había mirado con indiferencia en el carruaje durante mi última charla con Malatesta, inquirió los nombres de mis cómplices.

—¿Los cómplices de qué, Ilustrísima?

—No soy Ilustrísima —dijo el otro, sombrío, la amplia tonsura brillándole con la luz del candelabro—. Y te interrogo por los cómplices de tu sacrilegio.

Se repartían los papeles, como en las comedias. Mientras el del ropón negro y la barba permanecía silencioso, cual juez que escucha y delibera consigo mismo antes de emitir sentencia, los dos frailes desempeñaban con mucho oficio el papel de inquisidor implacable, el más joven, y de confidente benévolo, el otro, que era algo mayor, con aspecto más regordete y plácido. Pero yo llevaba en la Corte tiempo sobrado para adivinar ciertas tretas; así que resolví no fiar en el uno ni en el otro, y hacer como que no veía al del ropón negro. Además, ignoraba cuánto era lo que sabían. Y carecía de la menor idea sobre si mi sacrilegio —como acababan de definirlo— era exactamente el mismo que ellos pretendían que fuera. Porque, en hablando con quien puede hacer que te pese, el peligro tanto está en pedir naipe de menos como en pedir naipe de más. Y hasta decir aquí me planto puede aparejarte la ruina.

—No tengo cómplices, reverendo padre —me dirigía al gordito, pero sin demasiada esperanza—. Ni he cometido sacrilegio alguno.

—¿Niegas —preguntó el más joven— que en compañía de otros fuiste cómplice en la profanación del convento de las Adoratrices Benitas?

Ya era algo, aunque ese algo me erizase la piel imaginando sus consecuencias. Aquélla era una acusación concreta. La negué, por supuesto. Y acto seguido negué conocer, ni de vista, al hombre malherido con quien, de camino a mi casa, había topado casualmente bajo el pretil de la cuesta de los Caños del Peral. También negué que me resistiera a ser detenido por agentes del Santo Oficio; como negué, en fin, todo cuanto pude, salvo el hecho incontestable de que habíanme echado el guante con una daga en la mano, y manchado de la sangre ajena que aún era costra seca en mi jubón. Como negar aquello era imposible, me embarqué en una maraña de circunloquios y explicaciones que nada venían al caso; y por fin me eché a llorar, recurso extremo para excusar nuevas preguntas. Pero aquel tribunal había visto correr muchas lágrimas; de modo que los frailes, el hombre del ropón y el escribano se limitaron a esperar que terminasen mis jeremiadas. Parecían tener sobrado tiempo libre; y eso, junto a la indiferencia que mostraban —ni encarnizamiento ni reproches, dirigiéndome una y otra vez las mismas preguntas con monótona insistencia—, era lo más inquietante. Aunque intentaba mantener el aire de despreocupación y despejo que suponía propios de un inocente, eso era lo que secretamente me aterraba de aquellos hombres: su frialdad y su paciencia. Porque al cabo de una docena de noes y nosés por mi parte, hasta el fraile gordito había dejado de fingir, y era obvio que la compasión más cercana estaba a varias leguas de distancia.

Yo no había probado bocado en más de veinticuatro horas, y empezaba a desfallecer pese a estarme sentado en un banco. Así, agotado el recurso de las lágrimas, empecé a considerar las ventajas de un desmayo que, tal y como andaba todo, no iba a ser por completo un ardid. Fue entonces cuando el fraile dijo algo que sí estuvo a punto de hacerme desmayar sin disimulo alguno.

—¿Qué sabes de Diego Alatriste y Tenorio, por mal nombre capitán Alatriste?

Hasta aquí has llegado, Íñigo, pensé. Se acabó. Termináronse las negaciones y la palabrería inútil. A partir de ahora cualquier cosa que digas, incluso que afirmes o desmientas delante de ese escribano que anota hasta el menor de tus suspiros, puede ser utilizado contra el capitán. Así que eres mudo, te lleve eso donde te lleve. Y de tal modo, a pesar de mi situación y de que me daba vueltas la cabeza, y a pesar del pánico infinito que me invadía sin remedio, decidí, reuniendo los últimos despojos de firmeza, que ni aquellos frailes, ni las cárceles secretas, ni el consejo de la Suprema, ni el papa de Roma iban a arrancarme una palabra sobre el capitán Alatriste.

—Responde a la pregunta —ordenó el más joven.

No lo hice. Miraba el suelo ante mí, una losa partida por una grieta que hacía zigzag, tan torcida como mi suerte perra. Y seguí mirando al mismo sitio cuando uno de los esbirros que tenía detrás, obedeciendo la orden emitida por el fraile con sólo un parpadeo, se adelantó para atizarme un pescozón tremendo que sentí restallar en mi cogote como un mazazo. Por el volumen de la mano, calculé, había sido el alto y fuerte.

—Responde a la pregunta —repitió el fraile.

Seguí mirando la grieta del suelo sin decir ni pío, y de nuevo recibí un golpe aún mayor que el primero. Las lágrimas, sinceras como el dolor de mi maltrecho

111

pescuezo, afluyeron pese al esfuerzo. Las sequé con el dorso de la mano; precisamente ahora no quería llorar.

—Responde a la pregunta.

Mordíme los labios para ni tan siquiera abrir la boca, y de pronto la grieta del suelo ascendió rápidamente hasta mis ojos mientras mis tímpanos resonaban, bang, como el parche de un tambor. Esta vez el golpe me había tirado de bruces al suelo. Las losas estaban tan frías como la voz que sonó después.

—Responde a la pregunta.

Las palabras procedían de muy lejos, como de las calenturas de un mal sueño. Una mano me hizo poner boca arriba, y vi el rostro del esbirro pelirrojo inclinado sobre mí; y algo más atrás, el del fraile que me interrogaba. Y no pude contener un gemido de desesperación y abandono, porque supe que nada iba a sacarme de allí, y que, en efecto, ellos tenían todo el tiempo del mundo. En cuanto a mí, el camino que iba a recorrer hasta el infierno sólo acababa de empezar, y no tenía ninguna prisa en proseguir tal viaje. Así que muy lindamente me desmayé, justo cuando el pelirrojo me sostenía agarrado por el jubón para incorporarme. Y —pongo por testigo al Cristo que miraba desde la pared— esta vez no tuve que fingirlo en absoluto.

Ignoro cuánto tiempo transcurrió después, en la celda húmeda donde fui recluido en la sola compañía de una rata enorme que se pasaba el tiempo mirándome desde un oscuro sumidero que había en un ángulo de la estancia. Dormí, tuve pesadillas, cacé chinches en mis ropas para matar el tiempo, y por tres veces devoré el pan duro y la escudilla de nauseabundo potaje que un carcelero sombrío y mudo puso en el umbral de la celda con mucho estrépito de llaves y cerrojos. Estaba industriando el modo de acercarme a la rata y matarla, pues su presencia me llenaba de terror cada vez que sentía vencerme el sueño, cuando el esbirro bermejo y el grandullón —así le haya dado Dios como a mí me dio— vinieron en mi busca. Esta vez, tras recorrer varios corredores a cuál más siniestro, vime en una estancia parecida a la primera, con ciertas tenebrosas novedades en lo que se refiere a compañía y mobiliario. Tras la mesa, amén del individuo de barba y ropón negro, el escribano con cara de cuervo y los dominicos, había otro fraile de la misma orden a quien los demás trataban con mucho respeto y sumisión. Y verlo daba miedo. Tenía el cabello gris, corto, en forma de casquete alrededor de las sienes; y las mejillas hundidas, las manos descarnadas como garras que emergían de las mangas del hábito, y sobre todo el brillo fanático de unos ojos que parecían consumidos por la fiebre, hacían desear no tenerlo nunca como enemigo. A su lado, los otros parecían tiernas hermanitas de los pobres. Y a eso hay que añadir, en un lado de la habitación, un potro de tortura con las cuerdas listas para ser ocupadas. Esta vez no había silla donde sentarme, y las piernas, que me sostenían a duras penas, empezaron a temblar. Allí faltaba pescado para tanto gato.

De nuevo ahorraré a vuestras mercedes los trámites y el prolijo interrogatorio a que fui sometido por mis viejos conocidos los dominicos, mientras el del ropón y el nuevo inquisidor oían y callaban, los esbirros permanecían quietos a mi espalda, y el escribano mojaba una y otra vez la pluma en el tintero para anotar todas y cada una de mis respuestas y silencios. Esta vez, merced a la actitud del recién llegado —pasaba a los interrogadores papeles que éstos leían con atención antes de formular nuevas preguntas—, pude hacerme alguna idea de lo que me había caído encima. La temible palabra *judaizantes* se pronunció al menos cinco veces, y a cada una de ellas yo sentía erizárseme el cabello. Aquellas once letras habían llevado a mucha gente a la hoguera.

—¿Sabías que la familia de la Cruz no es de sangre limpia?

Esas palabras me alcanzaron como un golpe, pues no ignoraba su siniestro alcance. Desde la expulsión de los judíos por los Reyes Católicos, la Inquisición perseguía con rigor los residuos de la fe mosaica, en especial a aquellos conversos que en secreto permanecían fieles a la religión de sus abuelos. En una España de tan hipócritas apariencias, donde hasta el más bajo villano alardeaba de hidalgo y cristiano viejo, el odio al judío era general, y los expedientes de limpieza de sangre probada, auténticos o comprados con dinero, eran imprescindibles para acceder a cualquier dignidad o cargo de importancia. Y mientras los poderosos se enriquecían en negocios de escándalo, abroquelados en misas y limosnas públicas, el pueblo, de espíritu violento y vengativo, mataba el hambre y el aburrimiento besando reliquias, usando indulgencias y persiguiendo con entusiasmo a brujas, herejes y judaizantes. Y como ya dije en alguna ocasión al referirme al señor de Quevedo y a otros, ni siquiera los más altos ingenios españoles eran ajenos a aquel clima de odio y rechazo a la heterodoxia. Consideremos que hasta el gran Lope había escrito:

> *Dura nación, que desterró Adriano,*
> *y que por nuestro mal viniendo a España,*
> *hoy tanto oprime y daña*
> *el Imperio cristiano,*
> *pues rebelde en su bárbara porfía*
> *infama la española Monarquía.*

O el otro grande de la comedia, don Pedro Calderón de la Barca, quien haría decir más tarde a uno de sus famosos personajes:

> *¡Oh, qué maldita canalla!*
> *Muchos murieron quemados,*
> *y tanto gusto me daba*
> *verlos arder, que decía,*
> *atizándoles la llama:*
> *«Perros herejes, ministro*
> *soy de la Inquisición Santa».*

Sin olvidar al propio don Francisco de Quevedo —el mismo que a tan menguada hora andaba sin duda o preso o fugitivo por hacer punto de honor en ayudar a un amigo de sangre conversa—, quien, paradojas de aquel siglo infame, fascinante y contradictorio, alumbró contra la raza de Moisés no pocos versos ni pocas prosas. Y es que en los últimos tiempos, quemados o expatriados los protestantes y los moriscos, la incorporación del reino de Portugal cuando nuestro bueno y grande Felipe II había traído copia de judíos disimulados o públicos en los que hincar el diente, y la Inquisición los rondaba como el chacal acecha la carroña. Tal era, por cierto, otro de los motivos que enfrentaban al valido, conde de Olivares, con el consejo de la Suprema. Porque, en su intento por conservar intacta la vasta herencia de los Austria, amén de exprimir las bolsas agotadas de los vasallos y las egoístas de los nobles, combatir en Flandes y esforzarse por quebrar los fueros de Aragón y Cataluña —lo que no era pedo de monja—, don Gaspar de Guzmán, harto de que la monarquía fuese rehén en manos de banqueros genoveses, pretendía reemplazarlos por los de Portugal; cuya limpieza de sangre podía resultar dudosa, mas su dinero era cristiano viejo, diáfano, contante y sonante. Esto enfrentó al valido con los consejos de Estado, con la Inquisición y con el propio nuncio apostólico, mientras el rey nuestro señor, bondadoso y meapilas, débil en materia de conciencia como en otras muchas cosas, se mostraba indeciso; y prefería que nos diesen a todos sus súbditos bien por el saco, sangrándonos el último maravedí, a que nos contaminaran la fe. Lo que, dicho en plata, era hacernos un pan con unas hostias, o al revés, o como se diga. Y encima, ya más adelante y mediado el siglo, con la caída en desgracia del conde-duque, el Santo Oficio pasó factura, desencadenando una de las más crueles persecuciones de judeoconversos conocidas en España. Eso terminó de arruinar el proyecto de Olivares, de modo que muchos importantes banqueros y asentistas hispanoportugueses lleváronse a otros países, como Holanda, sus riquezas y su comercio en beneficio de los enemigos de nuestra corona; con lo que terminaron por jodernos del todo. Y digo terminaron, porque entre los nobles y los frailes de aquí, y los herejes de allá, y la puta que los parió a todos, remataron el desangrarnos bien. Que a perro flaco todo son pulgas, y los españoles no necesitamos a nadie para arruinarnos, pues siempre dominamos bien sobrados el finibusterre de hacerlo solos.

Y allí estaba yo, en resumen, apenas un mozo imberbe y en mitad de todos aquellos tejes y manejes por los que, eso saltaba a la vista, estaba a punto de pagar con mi joven cuello. Suspiré, desesperanzado. Luego miré al interrogador, que seguía siendo el dominico joven. El escribano aguardaba, suspendida la pluma sobre el papel, mirándome como se mira a alguien que lleva todos los puntos para convertirse en picón de brasero.

—No conozco a ninguna familia de la Cruz —respondí por fin, con cuanta convicción fui capaz—. Luego mal puedo conocer su limpieza de sangre.

El escribano inclinó la cabeza como si esperase aquella respuesta, rasgueó la pluma e hizo su puerco oficio. El fraile viejo y flaco no me quitaba ojo.

—¿Sabes —preguntó el joven— que sobre Elvira de la Cruz pesa la acusación de incitar a prácticas hebraicas a sus compañeras monjas y novicias?

Tragué saliva. O más bien lo intenté, cuerpo de Dios, porque tenía la boca como un guijarro. La trampa se cerraba, y era una trampa endiabladamente siniestra. Negué de nuevo, cada vez más asustado de columbrar adónde me llevaba todo aquello.

—¿Sabes que su padre y hermanos y otros cómplices, judaizantes como ella, intentaron liberarla después

que fue descubierta y recluida por el capellán y la prioresa de su convento?

La cosa olía ya sin rebozo a chamusquina, y yo era
carne de aquel asado. Volví a negar, pero esta vez la voz
no quiso salir de mi garganta. No le plugo, dicho en cul-
to, y hube de limitarme a negar con la cabeza. Pero mi
fiscal, o lo que fuera, prosiguió implacable.

—¿Y niegas que tú y tus cómplices formáis parte de
esa conspiración judaica?

Ahí, a pesar del miedo —que no era por cierto ligero—, me amostacé un poco.

—Yo soy vascongado y cristiano viejo —protesté—.
Tan bueno como mi padre, que fue soldado y murió en
las guerras del rey.

El inquisidor hizo un gesto despectivo con la mano,
como si en las guerras del rey muriese todo cristo y eso no
significara gran cosa. Inclinóse entonces el inquisidor flaco
y silencioso hacia el joven, deslizando unas palabras en su
oído, y éste asintió respetuosamente. Luego el otro volvióse a mí, y habló por vez primera. Su tono era tan amenazador y cavernoso que, de pronto, el fraile joven se me antojó el non plus ultra de la comprensión y la simpatía.

—Repite tu nombre —ordenó el viejo flaco.

—Íñigo.

La mirada severa del dominico, los ojos febriles alo-
jados en profundas cuencas, me habían hecho tartamu-
dear la respuesta. Prosiguió, implacable.

—Íñigo y qué más.

—Íñigo Balboa.

—¿Y el apellido de tu madre?

—Se llama Amaya Aguirre, reverendo padre.

Todo eso lo había dicho ya, y estaba en los papeles; de modo que el negocio daba muy mala espina. El fraile me dirigía una mirada feroz, extrañamente satisfecha.

—Balboa —dijo— es apellido portugués.

La tierra pareció faltar bajo mis pies, pues no se me escapaba el alcance de aquel tiro envenenado. Era cierto que el apellido procedía de la raya con Portugal, de donde mi abuelo había salido para alistarse en las banderas del rey. De pronto —ya dije a vuestras mercedes que siempre fui mozo de buen despejo— todas las implicaciones del asunto se me iluminaron con tan meridiana claridad, que si hubiera tenido cerca una puerta abierta habría salido por ella a todo correr. Miré de soslayo el potro, aquel instrumento de tortura que aguardaba a un lado, y que la Inquisición nunca usaba como castigo, sino como instrumento para esclarecer la verdad; lo que no era más tranquilizador en absoluto. Mi única esperanza era que, según las reglas del Santo Oficio, no podía darse tormento a gentes de buena fama, consejeros reales o mujeres embarazadas, ni a siervos para que declarasen contra su amo, ni a menores de catorce años, o sea, a mí. Pero ya estaba a punto de cumplir esos fatídicos catorce; y si aquellos individuos eran capaces de buscarme antepasados judíos, también lo eran de hacerme crecer a su antojo los meses necesarios para una sesión de cuerda. Que, aunque solía hacerle cantar a uno, no era precisamente cuerda de guitarra.

—Mi padre no era portugués —protesté—. Era un soldado de origen leonés, como su padre, que a la vuelta de una campaña quedóse en Oñate y casó allí… Soldado y cristiano viejo.

—Eso dicen todos.

Entonces oí el grito. Fue un grito de mujer desesperado y terrible, amortiguado por la distancia; pero tan
violento que se abrió camino por pasillos y corredores,
atravesando la puerta cerrada. Como si no lo hubieran
oído, mis inquisidores siguieron mirándome, impertur-
bables. Y yo me estremecí de espanto cuando el fraile
flaco dirigió sus ojos febriles hacia el potro y luego volvió a mirarme con fijeza.

—¿Qué edad tienes? —preguntó.

El grito de mujer sonó de nuevo, parecido a un lati-
gazo de horror; y todos siguieron inmutables, como si
nadie oyese aquello más que yo. Al fondo de sus cuencas
siniestras, los ojos fanáticos del dominico parecían dos
sentencias de hoguera. Yo temblaba como si tuviera
cuartanas.

—Trece —balbucí.

Hubo un silencio angustioso, roto sólo por el ras-
guear de la pluma del escribano sobre el papel. Espero
que lo haya anotado bien, pensé. Trece y ni uno más. En
eso estaba cuando el fraile se dirigió a mí otra vez. La
mirada se le había encendido más: un brillo nuevo, inesperado, de desprecio y de odio.

—Y ahora —dijo— vamos a hablar del capitán Alatriste.

Capítulo VI

El pasadizo de San Ginés

El garito hervía de gente que se jugaba las pestañas y hasta el alma. Entre el rumor de conversaciones y el ir y venir de tahúres, mirones y entretenidos en procura de barato, Juan Vicuña, antiguo sargento de caballos mutilado en Nieuport, cruzó la sala procurando que nadie le derramase el vino de Toro que llevaba en la jarra, y miró en torno, satisfecho. En la media docena de mesas, naipes, dados y dinero iban y venían, cambiaban de manos, provocaban suspiros, blasfemias, pardieces y miradas de codicia. Las monedas de oro y plata relucían bajo la luz de los velones de sebo colgados de la bóveda de ladrillo, y el negocio iba a pedir de boca. La casa de conversación de Vicuña estaba en un sótano de la cava de San Miguel, muy arrimada a la plaza Mayor; y en ella se libraban todos los lances permitidos por las premáticas del rey nuestro señor, e incluso, apenas disimulados, otros que no lo eran tanto. Y la variedad resultaba diversa como la imaginación de los jugadores, que en aquel tiempo no era poca. Jugábanse tanto tresillo, polla y cientos —juegos de sangría lenta—, como el siete, el reparólo y otros juegos llamados *de estocada*, por la rapidez con que dejaban a un hombre sin dinero, sin habla y sin aliento. Sobre eso mismo había escrito ya el gran Lope:

Como el sacar los aceros
con el que diere ocasión,
así el jugar es razón
con quien trajere dineros.

Lo cierto es que sólo unos meses antes habíase publicado un decreto real prohibiendo las casas de juego, pues nuestro cuarto Felipe era joven, bien intencionado, y creía, asistido por su pío confesor, en cosas como el dogma de la Inmaculada, la causa católica en Europa y la regeneración moral de sus súbditos de ambos mundos; pero aquello, como los intentos de cerrar las mancebías —por no hablar de la causa católica en Europa—, era segar en verde. Porque si algo apasionaba a los españoles bajo la monarquía austríaca, amén del teatro, correr toros en las plazas y alguna otra cosa que diré más adelante, era el juego. Pueblos de tres mil vecinos gastaban al año quinientas docenas de barajas, y se jugaba tanto en la calle, donde rufianes, ciertos y ganchos improvisaban timbas para esquilmar incautos a base de gatuperio, como en casas de juegos legales o clandestinas, cárceles, mancebías, tabernas y cuerpos de guardia. Las ciudades importantes como Madrid o Sevilla hormigueaban de buscavidas y ociosos con sonante en la faltriquera dispuestos a reunirse en torno a la desencuadernada, que era como se llamaba al mazo de naipes, o a Juan Tarafe, mal nombre que bautizaba los dados. Jugaba todo el mundo, vulgo y nobleza, señores y pícaros; y hasta las damas, que aunque en casas como la de Juan Vicuña no eran admitidas, resultaban también asiduas de los garitos, tan versadas en bastos, malillas y puntos como el que más. Y cual es de imaginar en gente violenta, orgullosa y de acero fácil como éramos, y somos, excuso añadir que, muy a menudo, los lances de juego terminaban con un voto a Dios y una buena sarta de cuchilladas.

Vicuña terminó de cruzar la sala, no sin antes vigilar por el rabillo del ojo a algunos doctores de la valenciana, que así llamaba él a los rufianes fulleros expertos en el astillazo y en descornar la flor, siempre con naipes marcados en la manga, atentos a lo que caía. También se detuvo a saludar con mucha política a don Raúl de la Poza, un hidalgo conquense muy rico de familia y muy bala perdida, apicarado de gustos, que era uno de sus mejores clientes. Hombre de costumbres fijas, don Raúl acababa de llegar como cada noche de la mancebía de la calle Francos —en donde era habitual—, y ya no abandonaría el garito hasta el alba, para oír misa de siete en San Ginés. En su mesa corrían escudos de a once como la espuma, y siempre pululaba alrededor una corte de tahúres y entretenidos que le despabilaban velas, servían jarras de vino e incluso le traían orinales cuando estaba muy metido en sangre y no quería descuidar una buena mano. Todo a cambio del barato: el real o los dos reales que caían de propina después de cada buen lance. Aquella noche lo acompañaban el marqués de Abades y otros amigos; y eso tranquilizó a Vicuña, pues raro era el día que a don Raúl no lo esperasen a la salida tres o cuatro matasietes, para aliviarle la ganancia.

Diego Alatriste agradeció el vino de Toro, despachando la jarra de un único y largo trago. Estaba en camisa y sin afeitar, sentado en el jergón de un cuarto discreto que Vicuña tenía aderezado en el garito para llamarse a descanso, con una celosía que dejaba ver la sala sin ser visto. Las botas puestas, la espada sobre el taburete, la pistola cargada encima de la manta, la vizcaína en la almohada y la mirada vigilante que de vez en cuando dirigía a través del enrejado de madera, lo mostraban alerta. Había una puerta trasera, casi secreta, que a través de un pasillo salía a un arco de la plaza Mayor; y Vicuña observó que el capitán había dispuesto sus avíos para recogerlos en rápida retirada hacia esa puerta, en caso necesario. En las últimas cuarenta y ocho horas, Diego Alatriste no se había relajado más que para descabezar algún breve sueño; y aun así, por la tarde, una vez que Vicuña entró con sigilo a ver si su amigo necesitaba algo, habíase topado con el amenazante cañón de la pistola apuntándole entre ceja y ceja.

Alatriste no delató impaciencia alguna con preguntas. Devolvió la jarra vacía a Vicuña y se quedó a la espera, mirándolo con sus ojos claros e inmóviles, de pupilas muy dilatadas a la escasa luz de la lamparilla de aceite que ardía sobre la mesa.

—Te espera dentro de media hora —dijo el antiguo sargento—. En el pasadizo de San Ginés.

—¿Cómo le va?

—Bien. Pasó ayer y hoy en casa de su amigo el duque de Medinaceli sin que nadie lo molestara. No le han pregonado el nombre ni le anda detrás la Justicia, ni la Inquisición, ni nadie. El lance, sea cual sea, no ha trascendido a cosa pública.

124

El capitán asintió despacio, reflexionando. Aquel sigilo no resultaba extraño, sino lógico. La Inquisición nunca echaba campanas al vuelo hasta que no tenía el último de los cabos bien atado. Y las cosas aún estaban a medio hacer. También la ausencia de noticias podía formar parte de la trampa.

—¿Qué se cuenta en San Felipe?

—Rumores —Vicuña encogía los hombros—. Que si hubo estocadas a la puerta de la Encarnación, que si algún muerto... Se atribuye más a galanes de monjas que a otra cosa.

—¿Han ido a mi casa?

—No. Pero Martín Saldaña se huele algo, porque estuvo en la taberna. Según cuenta la Lebrijana, no dijo nada pero dio a entender mucho. Los corchetes del corregidor no andan en ello, insinuó, pero hay gente cerca, vigilando. No explicó quiénes, aunque apuntaba a familiares del Santo Oficio. El mensaje es sencillo: él no baila en esta chacona, sea cual sea, y tú debes cuidar el pellejo. Por lo visto el negocio es delicado y lo llevan con mucho celo, sin dar a nadie arte ni parte...

—¿Qué hay de Íñigo?

Lo miraba impasible, sin expresión alguna. El veterano de Nieuport se interrumpió, embarazado. Con su única mano le daba vueltas a la jarra.

—Nada —repuso al fin en voz baja—. Como si se lo hubiera tragado la tierra.

Alatriste permaneció un momento sin decir palabra. Luego miró la tablazón del suelo entre sus botas y se puso en pie.

—¿Has hablado con el Dómine Pérez?

—Hace lo que puede, pero es difícil —Vicuña observó que el capitán se enfundaba el recio coleto de piel de búfalo—. Ya sabes que los jesuitas y el Santo Oficio no suelen hacerse confidencias, y si el mozo anda de por medio puede tardar en saberse. En cuanto sepa algo te avisará. También te ofrece la iglesia de la Compañía, por si quieres llamarte a sagrado... Dice que de allí no te sacan los dominicos ni aunque juren que has matado al nuncio —miró a través de la celosía, hacia la sala de juego, y luego volvió la vista al capitán—... Y por cierto, Diego, andes en lo que andes, espero que no hayas matado *de verdad* al nuncio.

Alatriste requirió la espada, introduciéndola en la vaina. Ciñósela, y luego se puso en el cinto la pistola de chispa, tras levantar el perrillo para comprobar que seguía bien cebada.

—Ya te lo contaré otro día —dijo.

Se disponía a irse como había llegado, sin explicaciones y sin dar las gracias; en el mundo que él y el veterano sargento de caballos compartían, aquellos pormenores iban de oficio. Vicuña soltó una risa ruda, de soldado:

—Voto a Dios, Diego. Soy tu amigo, pero nada curioso. Además, detestaría morir por enfermedad de soga... Así que mejor no me lo cuentes nunca.

Era avanzada la noche cuando salió embozado con capa y sombrero bajo los soportales oscuros de la plaza Mayor, andando un trecho hasta la calle Nueva. Nadie entre los escasos transeúntes se fijó en él, salvo una daifa de medio manto que, al cruzárselo entre dos arcos, propuso sin mucho entusiasmo aliviarlo de peso por doce cuartos. Cruzó la puerta de Guadalajara, donde un par de vigilantes dormitaban ante los postigos cerrados de las tiendas de los plateros, y luego, para eludir a los corchetes que solían apostarse en las cercanías, bajó por la calle de las Hileras hasta el Arenal y volvió a subir de nuevo hacia el pasadizo de San Ginés, donde a aquellas horas los retraídos se asomaban a tomar el fresco.

Como saben vuestras mercedes, las iglesias de la época eran lugares de asilo, donde no alcanzaba la justicia ordinaria. Por eso, quien robaba, hería o mataba —a eso llamaban andar en trabajos— podía acogerse a sagrado refugiándose en una iglesia o convento, donde los clérigos, celosísimos de sus privilegios, lo defendían frente a la autoridad real con uñas y dientes. Tan solicitado era el llamarse a antana, o a sagrado, que algunas iglesias famosas estaban hasta arriba de clientes que gozaban lo impune de su refugio. En tan apretada comunidad solía encontrarse lo mejor de cada casa, y faltarían sogas para honrar tanto gentil gaznate. Por razones de su profesión, el mismo Diego Alatriste había tenido alguna vez que acogerse a iglesia; y el propio don Francisco de Quevedo, en su juventud, contaban habíase visto también en tales trances, si no en otros peores, como cuando el golpe de mano del duque de Osuna en Venecia, de donde hubo de dárselas disfrazado de mendigo. El caso es que lugares como el patio de los Naranjos de la catedral de Sevilla, por ejemplo, o buena docena de sitios en Madrid, y entre ellos San Ginés, contaban con el dudoso privilegio de acoger a la flor de la valentía, el sacabuche, el afanar y la jacaranda. Y toda esta ilustre cofradía, que al fin tenía que comer, beber, satisfacer necesidades y solventar negocios particulares, aprovechaba la noche para salir a dar una vuelta, realizar nuevas fechorías, ajustar cuentas o lo que se terciara. También recibían allí a sus amistades, e incluso a sus coimas y cómplices, con lo que los alrededores de las iglesias citadas, e incluso dependencias de las iglesias mismas, tornábanse por las noches taberna de malhechores e incluso burdel, donde se contaban hazañas reales o fingidas, se concertaban sentencias de muerte tarifando cuchilladas, y donde, en suma, latía, pintoresco y feroz, el pulso de aquella España bajuna, peligrosa y atrevida; la de los pícaros, buscones y otros caballeros del milagro, que nunca colgó en lienzos en las paredes de los palacios, pero quedó registrada en páginas inmortales. Algunas de las cuales —y no las peores, por cierto— escribiólas el propio don Francisco:

A Grullo dieron tormento
y en el de verdad de soga
dijo nones, que es defensa
en los potros y en las bodas.

O aquella otra, tan celebrada, de:

En casa de los bellacos,
en el bolsón de la horca,
por sangrador de la daga
me metieron a la sombra.

El pasadizo de San Ginés era uno de los sitios favoritos de los retraídos, pues por la noche salían allí a que les diese el aire, convirtiendo el lugar en concurrido ir y venir donde no faltaban improvisados figones de puntapié para tomar un bocado; dignísima concurrencia que se disolvía como por ensalmo en cuanto asomaban los corchetes. Cuando llegó Diego Alatriste, en la estrecha calleja había una treintena de almas: jaques, capeadores, algunas cantoneras ajustando cuentas con sus rufianes, y grupos de matasietes y chusma que charlaba en corrillos, o despachaba pellejos y damajuanas de vino peleón. Había poca luz —sólo un minúsculo farolillo colgado en la esquina del pasadizo, bajo el arco—, casi todo el lugar estaba en sombra, y la mitad larga de la gente iba embozada; de modo que el ambiente, aunque animado de conversaciones, resultaba tenebroso en extremo, y harto apropiado para el tipo de cita a la que acudía el capitán. Allí, a un curioso, un mirón o un corchete, si no venía en cuadrilla y bien herrado, podían desjarretarle el tragar en un jesús.

Reconoció a don Francisco de Quevedo pese al embozo, junto al farolillo, y llegóse hasta él con disimulo, apartándose ambos a un lado, la capa subida sobre la cara y el fieltro hasta las cejas; aspecto que, por otra parte, mostraba con naturalidad la mitad de los presentes en el pasadizo.

—Mis amigos han hecho pesquisas —contó el poeta tras el primer cambio de impresiones—. Parece cierto que don Vicente y sus hijos estaban vigilados por la Inquisición. Y mucho me huelo que alguien aprovechó el lance para matar varios pájaros de un tiro; incluido vos, capitán.

Y a media voz, hurtándose a los que iban y venían, don Francisco puso en antecedentes a Alatriste de cuanto había podido averiguar. El Santo Oficio, taimado y paciente, muy al tanto por sus espías del intento de la familia de la Cruz, había dejado hacer, a la espera de cazarlos in fraganti. El motivo no era defender al padre Coroado, sino todo lo contrario; ya que éste contaba con la protección del conde de Olivares, con quien la Inquisición mantenía sorda pugna, esperaban que el escándalo desacreditase tanto el convento como a su protector. De paso echarían mano a una familia de conversos a los que acusar de judaizantes; y una hoguera nunca iba mal para el prestigio de la Suprema. El problema era que no pudieron coger a casi nadie vivo: don Vicente de la Cruz y su hijo menor, don Luis, habían vendido cara su piel, muriendo en la emboscada. Mientras que el hijo mayor, don Jerónimo, aunque malherido, logró escapar y estaba oculto en alguna parte.

—¿Y nosotros? —preguntó Alatriste.

Relucieron los lentes del poeta cuando negó con la cabeza.

—No circulan nombres. Estaba tan oscuro que nadie nos conoció. Y quienes se acercaron no están para contarlo.

—Sin embargo, saben que andamos en esto.

—Puede —don Francisco hizo un gesto vago—. Pero no tienen pruebas legales. Por mi parte, ahora empiezo a gozar otra vez del favor del valido y del rey, y si no es con las manos en la masa será difícil achacarme nada —hizo una pausa, preocupado—:... En cuanto a vuestra merced, no sé a qué atenerme. Igual esperan conseguir algo que os inculpe. O quizás os buscan discretamente.

Pasaban dos jaques y una cantonera discutiendo con muy malos modos, y don Francisco y el capitán les cedieron espacio, arrimándose más a la pared.

—¿Qué ha sido de Elvira de la Cruz?

El poeta emitió un suspiro de desaliento.

—Detenida. La pobre moza va a llevar la peor parte. Está en las cárceles secretas de Toledo, así que mucho me temo habrá chamusquina.

—¿E Íñigo?

La pausa fue larga. La voz de Alatriste había sonado fría, sin inflexiones; me había dejado para el final. Don Francisco miró alrededor, a la gente que parlaba y se movía entre las sombras del pasadizo. Después se volvió a su amigo.

—También está en Toledo —calló de nuevo, y al instante movió la cabeza en gesto de impotencia—. Lo cogieron cerca del convento.

Alatriste guardó silencio. Estuvo así mucho rato, mirando el ir y venir. Hacia la esquina sonaron unas notas de guitarra.

—Sólo es un chiquillo —dijo por fin—. Hay que sacarlo de allí.

—Imposible. Más bien guardaos de reuniros con él… Imagino que confían en su testimonio para inculparos.

—No se atreverán a maltratarlo.

Tras el embozo de don Francisco sonó su risa ácida, desganada.

—La Inquisición, capitán, se atreve a todo.

—Pues hay que hacer algo.

Lo dijo muy frío, obstinado, fijos los ojos en el extremo del pasadizo, donde seguía sonando la guitarra. Don Francisco miraba en la misma dirección.

—Sin duda —convino el poeta—. Pero no sé qué.

—Tenéis amigos en la Corte.

—Los he movilizado a todos. No olvido que fui yo quien os metió en esto.

El capitán hizo un gesto a medias, alzando un poco la mano para descartar cualquier culpa de don Francisco. Una cosa era que, como amigo, esperase de él cuanto estaba a su alcance; y otra que le reprochara nada. Alatriste había cobrado por el trabajo, y yo era, sobre todo, asunto suyo. Después de aquello se estuvo un rato tan quieto y callado que el poeta lo miró con inquietud.

—No se os ocurra entregaros —susurró—. Eso no ayudaría a nadie, y menos a vuestra merced.

Alatriste siguió en silencio. Tres o cuatro rufianes de los retraídos se habían puesto a platicar cerca de ellos, con mucho vuacé, mucho so camarada y mucho a fe del hijodalgo que ninguno era ni por asomo. Los nombres con que se interpelaban unos a otros no iban a la zaga: Espantadiablos, Maniferro. Al cabo de un rato, el capitán habló de nuevo.

—Antes —apuntó en voz baja— dijisteis que la Inquisición quiso matar varios pájaros de un tiro… ¿Qué más hay en esto?

Don Francisco respondió en el mismo tono:

—Vos. Erais el cuarto palomo, pero sólo lo lograron a medias… Todo el plan fue trazado, según parece, por dos conocidos vuestros: Luis de Alquézar y fray Emilio Bocanegra.

—Pardiez.

Quedó en suspenso el poeta, creyendo que el capitán iba a añadir algo al juramento; pero éste permaneció en silencio. Seguía vuelto hacia el callejón, inmóvil tras el rebozo de la capa, y el ala del sombrero ocultaba su rostro en tinieblas.

—Por lo visto —prosiguió don Francisco— no os perdonan aquel asunto del príncipe de Gales y Buckingham... Y ahora la ocasión la pintan calva: el padre Coroado, el convento del valido, la familia de conversos y vuestra merced harían lindo paquete para un auto de fe.

Interrumpiólo uno de los rufianes, que al echarse atrás a beber en un zaque tropezó con don Francisco. Revolvióse el hampón con mucho resonar de hierro en el cinto y muy malas maneras.

—¡A fe de quien soy que estorba uced, compañero!

Mirólo con sorna el poeta, y fuese un poco para atrás, recitando entre dientes, burlón:

> *Vos, Bernardo entre franceses*
> *y entre españoles Roldán,*
> *cuya espada es un Galeno*
> *y una botica la faz.*

Oyólo el matarife y amoscóse luego, haciendo ademán de requerir con mucho aparato.

—¡Cuerpo de Cristo —dijo— que ni Galeno, ni Roldán, ni Bernardo me llamo, sino que Antón Novillo de la Gamella tengo por buen nombre!... ¡Y a fuer de hijodalgo, con hígados para jiferarle a cercén las orejas a quien se me apitone!

Decía eso con mucho aspaviento de desnudar la herreruza, pero sin decidirse a meter mano por ignorar con quién se jugaba los cuartos. Llegáronse en esto los camaradas, con similar talante y ganas de bulla, parándose con las piernas abiertas, fragor de mucho hierro y retorcer de mostachos. Eran de esos que se opinan tanto de bravos, que por alardear confiesan lo que no hicieron. Entre todos hubieran acuchillado en medio soplo a un manco, pero don Francisco no lo era. Alatriste vio que el poeta despejaba por atrás daga y espada, y sin llegar a desembozarse del todo protegíase el vientre con el revuelo de la capa. Se disponía él a hacer lo mismo, pues para danza de blancas el sitio estaba diciendo bailadme, cuando uno de los compadres del jaque —un bravonel grande tocado con montera, que llevaba un tahalí de a palmo cruzándole el pecho, y al extremo una enorme herreruza— dijo:

—Duecientas mojadas vamos a tarascarles a estos señores en los cuajares, camaradas. Que aquí, el que no se va en uvas se va en agraz.

Tenía en la cara más puntos y marcas que un libro de música, amén del acento y las trazas de los rufianes del Potro de Córdoba —rufián cordobés y hembra valenciana, rezaba el refrán—, y hacía también ademán de aligerar la vaina, pero sin concluir el gesto; esperando que se les juntase algún rufo más de las cercanías, pues siendo cuatro a dos aún no parecía antojársele parejo el lance.

Entonces, para sorpresa de todos, Diego Alatriste se echó a reír.

—Venga, Cagafuego —dijo, con festiva sorna—. Dénos vuestra merced cuartel a este caballero y a mí, y no nos matéis de a siete, sino poquito a poco. Por los viejos tiempos.

Estupefacto, el jaque grandullón se quedó mirándolo, muy corrido, esforzándose en reconocerlo pese a la oscuridad y al rebozo. Al cabo se rascó bajo la montera, que llevaba incrustada sobre unas cejas tan espesas que parecían una.

—Anda la Virgen —murmuró por fin—. Pero si es el capitán Alatriste.

—El mismo —confirmó éste—. Y la última vez nos vimos a la sombra.

Era muy cierto lo de la última. En cuanto a la primera, ingresado el capitán por unas deudas en la cárcel de Corte, habíale puesto como primer trámite una cuchilla de carnicero en el cuello al tal Cagafuego, de nombre Bartolo, que pasaba por el más valentón entre los presos del estaribel. Eso le había confirmado a Diego Alatriste fama de hombre de asaduras, amén del respeto del cordobés y de los otros presos. Respeto que se trocó en lealtad cuando fue repartiendo entre ellos los potajes y las botellas de vino que le enviaban Caridad la Lebrijana y sus amigos para aliviarle el hospedaje. Incluso, ya en libertad, había seguido favoreciéndolos de vez en cuando.

—Os hacía apaleando sardinas, señor Cagafuego. Al menos para allí abajo iba vuestra merced, si mal no recuerdo.

Los compadres del bravo habían mudado de actitud —incluido el llamado Antón Novillo de la Gamella—, y ahora asistían al asunto con curiosidad profesional y una cierta consideración, cual si la deferencia que su compadre mostraba a aquel embozado fuese mejor aval que un

135

breve del papa. Por su parte, Cagafuego parecía complacido de que Alatriste estuviera al tanto de su currículum laudis.

—Vaya que sí, señor capitán —repuso, y su tono había cambiado mucho desde las duecientas mojadas prometidas poco antes—. Y allí estaría de bogavante, tocando música con los grilletes y palmas en un remo de las galeras del rey, de no ser por mi santa, Blasa Pizorra, que se amancebó con un escribano, y entre los dos templaron al juez.

—¿Y qué hacéis retraído?... ¿O andamos de visita?

—Retraído y bien retraído, voto a Dios —se lamentó no sin resignación el escarramán—. Que hace tres días yo y aquí los camaradas le vaciamos a lo catalán el alma a un corchete, y a iglesia nos llamamos hasta que escampe. O hasta que mi coima ahorre unos ducados, pues ya sabe vuacé que no hay más justicia que la que uno compra.

—Me alegro de veros.

En la penumbra, Bartolo Cagafuego abrió la boca en algo parecido a una sonrisa amistosa, oscura y enorme.

—Y yo de verle a uced tan bueno. Y a fe que me tiene a su disposición aquí en San Ginés, con mis hígados y esta gubia —palmeó la espada, que resonó con mucho estrépito contra daga y puñales— para servir a Dios y a los camaradas, por si se le ofrece calaverar a alguien en horas de poca luz —miró a Quevedo, conciliador, y volvióse de nuevo al capitán tocándose la montera con dos dedos—. Y disimule vuacé el equívoco.

Dos daifas pasaron corriendo, recogido el vuelo de las faldas en la carrera. Había callado la guitarra de la esquina, y un movimiento de inquietud y prisa agitaba a la chusma apostada en el pasadizo. Volviéronse todos a mirar.

—¡La gura!… ¡La gura! —voceó alguien.

En la esquina se oía bullicio de alguaciles y corchetes. Sonaron voces de ténganse a fe, ténganse que yo lo digo, y luego los consabidos gritos de favor a la Justicia y al rey. Apagóse de un golpe el farolillo mientras se dispersaba la parroquia con la velocidad de un rayo: los retraídos a la iglesia, y el resto ahuecando pasadizo y calle Mayor arriba. Y en menos tiempo del que se despachan almas, allí no quedó una sombra.

De recogida, camino de la cava de San Miguel dando un amplio rodeo en torno a la plaza Mayor, Diego Alatriste se detuvo enfrente de la taberna del Turco. Inmóvil al otro lado de la calle, protegido por la oscuridad, estuvo un rato observando los postigos cerrados y la ventana iluminada del piso de arriba, donde Caridad la Lebrijana tenía su casa. Ella estaba despierta, o bien había dejado una luz como señal para él. Aquí estoy y te espero, parecía decir el mensaje. Pero el capitán no cruzó la calle. Se limitó a permanecer muy quieto, la capa a modo de embozo y el chapeo bien calado, procurando fundirse con las tinieblas de los portales. La calle de Toledo y la esquina de la del Arcabuz se veían desiertas, pero resultaba imposible averiguar si alguien espiaba desde el resguardo de algún zaguán. Lo único que podía ver era la calle vacía y aquella ventana iluminada, donde le pareció que cruzaba una sombra. Quizá la Lebrijana estaba despierta, aguardándolo. La imaginó moviéndose por la habitación, con el cordón de la camisa de dormir flojo sobre los hombros morenos y desnudos, y añoró el olor tibio de aquel cuerpo que, pese a las muchas guerras que también había librado en otro tiempo, guerras mercenarias de a tanto la noche, besos y manos extrañas, seguía siendo hermoso, denso y cálido, confortable como el sueño, o como el olvido.

Luchó con el deseo de cruzar la calle y refugiarse en aquella carne acogedora que nunca se negaba; pero se impuso el instinto de conservación. Rozó con la mano la empuñadura de la vizcaína que llevaba al costado izquierdo, junto a la espada, sirviendo de contrapeso a la pistola que ocultaba bajo la capa, y volvió a escudriñar, desconfiado, al acecho de una sombra enemiga. Y por un largo momento deseó encontrarla. Desde que me sabía en manos de la Inquisición, y conocía además la identidad de quienes habían movido los hilos de la celada, albergaba una cólera lúcida y fría, rayana en la desesperación, que necesitaba echar afuera de algún modo. La suerte de don Vicente de la Cruz y sus hijos, incluso la de la novicia encarcelada, no le importaban tanto. En las reglas del juego peligroso donde a menudo iba en prenda la propia piel, aquello formaba parte del negocio. Lo mismo que en cada combate se producían bajas, los lances de la vida deparaban ese tipo de cosas. Y él las asumía desde el principio con su impasibilidad habitual; un talante que, si a veces parecía rozar la indiferencia, no era otra cosa que estoica resignación de viejo soldado.

Pero conmigo era diferente. Yo era —si me permiten vuestras mercedes expresarlo de algún modo— lo que para Diego Alatriste y Tenorio, veterano de los tercios de Flandes y de aquella España peligrosa y bronca, podía representar la palabra *remordimiento*. A mí no le era tan fácil asignarme fríamente a la lista de bajas de un mal lance o un asalto. Yo era su responsabilidad, le pluguiera o no. Y del mismo modo que los amigos y las mujeres no se escogen, sino que te eligen ellos a ti, la vida, mi padre muerto, los azares del Destino, habíanme puesto en su camino y de nada valía cerrar los ojos ante un hecho molesto y muy cierto: yo lo convertía en más vulnerable. En la vida que le había tocado vivir, Diego Alatriste era tan hideputa como el que más; pero era uno de esos hideputas que juegan según ciertas reglas. Por eso estaba callado y quieto, que era una forma tan buena como otra cualquiera de estar desesperado. Y por eso atisbaba los rincones oscuros de la calle, deseando encontrar agazapado a un esbirro, un espía, un enemigo cualquiera en quien calmar aquella desazón que le crispaba el estómago y le hacía apretar los dientes hasta sentir doloridas las quijadas. Deseó hallar a alguien, y luego deslizarse hacia él en la oscuridad, con sigilo, para sujetarlo contra la pared, ahogada su voz con la capa, y sin pronunciar una sola palabra meterle bien la daga en la garganta; hasta que dejara de moverse y quedara servido el diablo. Porque, puestos a considerar reglas, las suyas eran ésas.

Capítulo VII

Gentes de un solo libro

Nunca falta Dios a los cuervos ni a los grajos; ni siquiera a los escribanos. De modo que tampoco quiso faltarme del todo a mí. Porque lo cierto es que no me torturaron mucho. También el Santo Oficio tenía sus reglas; y pese a su crueldad y su fanatismo, algunas de ellas cumplíalas a rajatabla. Alcancé muchas bofetadas y azotes, es verdad. Y no pocas privaciones y quebrantos. Pero una vez confirmaron mis años, esos catorce no cumplidos mantuvieron a saludable distancia el artilugio siniestro de madera, rodillos y cuerdas que en cada interrogatorio yo podía ver en un extremo de la sala; e incluso las palizas que me dieron resultaron limitadas en número, intensidad y duración. Otros, sin embargo, no tuvieron esa suerte. Ignoro si con potro, o sin su concurso —acostaban al supliciado encima, estirándole los miembros con vueltas y más vueltas de cuerda, hasta descoyuntárselos—, el grito de mujer que había oído a mi llegada seguí oyéndolo con frecuencia, hasta que de pronto cesó. Eso fue el mismo día que vime de nuevo en el cuarto de interrogatorios y conocí, por fin, a la desdichada Elvira de la Cruz.

Era regordeta y menuda, y nada tenía que ver con la novelería forjada en mi caletre. De cualquier modo, ni la más perfecta belleza hubiera sobrevivido a aquel pelo rapado sin piedad, a los ojos enrojecidos, cercados de insomnio y sufrimiento, a las huellas de mancuerda en torno a sus muñecas y tobillos, bajo la estameña sucia del hábito. Estaba sentada —pronto supe que era incapaz de sostenerse sin ayuda— y tenía en los ojos la mirada más vacía y perdida que nunca vi: una ausencia absoluta hecha con todo el dolor, y el cansancio, y la amargura de quien conoce el fondo del más oscuro pozo que imaginarse pueda. Debía de andar por los dieciocho o diecinueve años, mas parecía una anciana decrépita; cada vez que se movía un poco en la silla era lenta y dolorosamente, como si enfermedad o vejez prematura hubiesen descoyuntado cada uno de sus huesos y articulaciones. Y a fe que se trataba exactamente de eso.

En cuanto a mí, aunque resulte poco gentilhombre alardear de ello, no me habían arrancado una sola de las palabras que deseaban. Ni siquiera cuando uno de los verdugos, el pelirrojo, se encargó de medir cumplidamente mis espaldas con un vergajo de toro. Pero, aunque estaba lleno de cardenales y tenía que dormir boca abajo —si dormir puede llamársele a una duermevela angustiosa, a medio camino entre la realidad y los fantasmas de la imaginación—, nadie pudo sacarme de los labios, secos y agrietados, llenos de costras de sangre que ahora sí era mía, otras palabras que gemidos de dolor o protestas de inocencia. Aquella noche yo sólo pasaba por allí camino de mi casa. Mi amo el capitán Alatriste nada tenía que ver. Nunca había oído hablar de la familia de la Cruz. Yo era cristiano viejo y mi padre había muerto por el rey en Flandes... Y vuelta a empezar: aquella noche yo sólo pasaba por allí camino de mi casa...

No había piedad en ellos, ni siquiera esos ápices de humanidad que a veces uno vislumbra incluso en los más desalmados. Frailes, juez, escribano y verdugos se comportaban con una frialdad y un distanciamiento tan rigurosos que era precisamente lo que más pavor producía; más, incluso, que el sufrimiento que eran capaces de infligir: la helada determinación de quien se sabe respaldado por leyes divinas y humanas, y en ningún momento pone en duda la licitud de lo que hace. Después, con el tiempo, aprendí que, aunque todos los hombres somos capaces de lo bueno y de lo malo, los peores siempre son aquellos que, cuando administran el mal, lo hacen amparándose en la autoridad de otros, en la subordinación o en el pretexto de las órdenes recibidas. Y si terribles son quienes dicen actuar en nombre de una autoridad, una jerarquía o una patria, mucho peores son quienes se estiman justificados por cualquier dios. Puestos a elegir con quien habérselas a la hora, a veces insoslayable, de tratar con gente que hace el mal, preferí siempre a aquellos capaces de no acogerse más que a su propia responsabilidad. Porque en las cárceles secretas de Toledo pude aprender, casi a costa de mi vida, que nada hay más despreciable, ni peligroso, que un malvado que cada noche se va a dormir con la conciencia tranquila. Muy malo es eso. En especial, cuando viene parejo con la ignorancia, la superstición, la estupidez o el poder; que a menudo se dan juntos. Y aún resulta peor cuando se actúa como exégeta de una sola palabra, sea del Talmud, la Biblia, el Alcorán o cualquier otro escrito o por escribir. No soy amigo de dar consejos —a nadie lo acuchillan en cabeza ajena—, mas ahí va uno de barato: desconfíen siempre vuestras mercedes de quien es lector de un solo libro.

Ignoro qué libros habían leído aquellos hombres; pero en cuanto a sus conciencias, estoy seguro de que dormían a pierna suelta —así ahora no puedan hacerlo nunca, en el infierno donde ojalá ardan toda la eternidad—. A tales alturas de mi calvario, había identificado ya al que llevaba la voz cantante, el fraile sombrío y descarnado de mirada febril. Era fray Emilio Bocanegra, presidente del Consejo de los Seis Jueces, el más temido tribunal del Santo Oficio. También, según lo que había oído al capitán Alatriste y a sus amigos, era uno de los más encarnizados enemigos de mi amo. Había ido marcando el compás en los interrogatorios; y ahora los otros frailes y el silencioso juez del ropón negro se limitaban a oficiar de testigos, mientras el escribano anotaba las preguntas del dominico y mis lacónicas respuestas.

Pero aquella vez fue diferente; pues cuando comparecí, las preguntas no se me hicieron a mí, sino a la pobre Elvira de la Cruz. Y malicié que aquello tomaba un giro inquietante cuando vi a fray Emilio señalarme con el dedo.

—¿Conocéis a ese joven?

Mis prevenciones se trocaron en pánico —yo aún no había llegado como ella a ciertos límites— cuando la novicia movió afirmativamente la cabeza rapada a tras-quilones, sin mirarme siquiera. Alarmado, vi que el escribano aguardaba, pluma en alto, atento a Elvira de la Cruz y al inquisidor.

—Responded con palabras —ordenó fray Emilio.

La infeliz emitió un «sí» apagado, apenas audible. El escribano mojó la pluma en el tintero y luego escribió, y yo sentí más que nunca que el suelo iba a abrirse bajo mis pies.

—¿Conocéis de él prácticas judaizantes?

El segundo «sí» de Elvira de la Cruz hízome saltar con un grito de protesta, acallado por un recio pescozón del esbirro pelirrojo, que en las últimas horas —tal vez temían que el grandullón me tulliera de un manotazo— estaba a cargo de todo lo referente a mi persona. Ajeno a la protesta, fray Emilio seguía señalándome con el dedo, sin dejar de mirar a la joven.

—¿Reiteráis ante este santo tribunal que el llamado Íñigo Balboa ha manifestado de palabra y obra creencias hebraicas, y asimismo ha participado, con vuestro padre, hermanos y otros cómplices, en la conspiración para arrebataros de vuestro convento?

El tercer «sí» fue superior a mis fuerzas. De modo que, esquivando las manos del esbirro pelirrojo, grité que aquella desgraciada mentía por la gola, y que nada había tenido yo que ver nunca con la religión judía. Entonces, para mi sorpresa, en vez de hacer como antes caso omiso, fray Emilio volvióse a mirarme con una sonrisa. Y era una sonrisa de odio triunfal, tan espantosa y ruin que me dejó clavado en el sitio, mudo, inmóvil, sin aliento. Y entonces, recreándose en todo aquello, el dominico fue hasta la mesa donde estaban los otros, y tomando la cadena con el dije que me había regalado Angélica de Alquézar en la fuente del Acero, me los mostró a mí, luego a los miembros del tribunal, y por fin a la novicia.

—¿Y habíais visto antes este sello mágico, vinculado a la horrenda superstición de la cábala hebraica, que le fue intervenido al antedicho Íñigo Balboa en el momento de su detención por familiares del Santo Oficio, y que prueba su implicación en esta conjura judía?

Elvira de la Cruz no me había mirado ni una sola vez. Tampoco ahora miró el dije de Angélica, que fray Emilio sostenía frente a sus ojos, y se limitó a responder «sí» como antes, la vista fija en el suelo; tan abatida o deshecha que ni siquiera parecía avergonzada. Más bien cansada, indiferente; cual si deseara terminar de una vez con todo aquello y arrojarse en un rincón para dormir el sueño del que parecían haberla privado durante media vida.

En cuanto a mí, estaba tan aterrado que esta vez ni pude protestar. Porque el potro de tortura había dejado de inquietarme. Ahora, mi preocupación urgente era averiguar si a los menores de catorce años los quemaban, o no.

—Confirmado. Lleva la firma de Alquézar.

Álvaro de la Marca, conde de Guadalmedina, vestía de fino paño verde pasado de plata, con botas de ante y valona muy trabajada de puntas de Flandes. Era de piel blanca, manos finas y bien parecido, y no perdía su calidad de gallardo gentilhombre —decían de él que era el mejor talle de la Corte— ni siquiera sentado como estaba a horcajadas sobre un taburete, en el mísero cuartucho del garito de Juan Vicuña. Al otro lado de la celosía divisaban la sala llena de gente. El conde había estado jugando un rato, con poca suerte pues no tenía la cabeza en los naipes, antes de llegarse al cuarto sin llamar la atención, pretextando una necesidad. Se había encontrado allí con el capitán Alatriste y con don Francisco de Quevedo, quien acababa de entrar muy embozado por la puerta secreta de la plaza Mayor.

—Y vuestras mercedes andaban en lo cierto —prosiguió Guadalmedina—. El objeto del asunto era, en efecto, asestar un golpe sin sangre a Olivares, desprestigiándole el convento. Y de paso, aprovechar el lance para ajustar cuentas con Alatriste… Se han industriado una conspiración hebraica, y pretenden que haya hoguera.

—¿También el chico? —preguntó don Francisco.

Su sobrio indumento negro, con la única nota de color de la cruz de Santiago sobre el pecho, contrastaba con la rebuscada elegancia del aristócrata. Estaba sentado junto al capitán, la capa doblada en el respaldo, la espada al cinto y el sombrero sobre las rodillas. Al oír su pregunta, Álvaro de la Marca se entretuvo en llenarse un vaso con moscatel de la jarra que había sobre un taburete, junto a una larga pipa de barro y una caja de tabaco picado. El moscatel era de Málaga, y la jarra andaba ya mediada porque Quevedo habíale dado muy buen tiento apenas cruzó la puerta, malhumorado como siempre, maldiciendo de la noche, de la calle y de la sed.

—También —confirmó el aristócrata—. La moza y él es cuanto tienen, porque al otro superviviente de la familia, el hijo mayor, no hay quien lo encuentre —encogió los hombros e hizo una pausa, grave el semblante—. Según he averiguado, preparan un auto de fe por todo lo alto.

—¿Está seguro vuestra merced?

—Del todo. He llegado hasta donde se puede, pagando al contado. Como diría nuestro amigo Alatriste, para la contramina es menester abundancia de pólvora... De eso no falta; pero con la Inquisición, hasta lo venal tiene límites.

El capitán no dijo nada. Estaba sentado en el catre, desabrochado el jubón, pasando despacio una piedra de esmeril por el filo de su daga. La luz de aceite dejaba sus ojos en sombra.

—Me extraña que Alquézar pique tan alto —opinó don Francisco, que limpiaba los espejuelos en la falda de su ropilla—. Es harta osadía para un secretario real enfrentarse al valido, aunque sea por mano interpuesta.

Guadalmedina bebió unos sorbos de moscatel y chascó la lengua, ceñudo. Luego secóse el rizado bigote con un lienzo perfumado que extrajo de la manga.

—No os sorprendáis. En los últimos meses, Alquézar ha alcanzado mucha influencia cerca del rey. Es criatura del Consejo de Aragón, a cuyos miembros rinde importantes servicios, y últimamente ha comprado a varios consejeros de Castilla. Además, por conducto de fray Emilio Bocanegra goza de apoyos entre la gente dura del Santo Oficio. Con Olivares sigue mostrándose sumiso, pero es obvio que lleva su propio juego... Cada día que pasa es más fuerte, y aumenta su fortuna.

—¿De dónde saca el dinero? —preguntó el poeta.

Álvaro de la Marca volvió a encoger los hombros. Había metido tabaco en la pipa de barro y la encendía en el candil. Pipa y tabaco entretenían a Juan Vicuña, quien gustaba de fumar en los ratos que acompañaba a Diego Alatriste. Mas, pese a sus conocidas propiedades curativas —harto recomendadas por el boticario Fadrique—, el capitán no era amigo de aquellas hojas aromáticas traídas por los galeones de Indias. Por su parte, Quevedo prefería aspirarlas en polvo.

—Nadie lo sabe —dijo el conde, echando humo por la nariz—. Tal vez Alquézar trabaja por cuenta de otros. Lo cierto es que maneja oro con soltura, y está corrompiendo cuanto toca. Incluso el privado, que hace meses podía perfectamente haberlo mandado de vuelta a Huesca, ahora se le anda con mucho tiento. Dicen que aspira a la protonotaría de Aragón, e incluso a la secretaría del despacho universal… Si las consigue, será intocable.

Diego Alatriste parecía ajeno a cuanto allí se hablaba. Dejó sobre el jergón la piedra de esmeril y se puso a comprobar el filo de la daga deslizando un dedo por él. Después, muy lentamente, requirió la vaina y metió la vizcaína dentro. Sólo entonces alcanzó a mirar a Guadalmedina.

—¿No hay forma de ayudar a Íñigo?

El conde esbozó entre el humo una mueca amistosa y apenada.

—Me temo que no. Sabes como yo que caer en manos de la Inquisición significa quedar preso en una máquina implacable y eficaz… —arrugó la frente, acariciándose

149

pensativo la perilla—. Lo que me sorprende es que no te hayan cogido a ti.

—Vivo escondido.

—No me refiero a eso. Disponen de medios para averiguar lo que sea menester, y además ni siquiera han registrado tu casa… Luego aún no tienen pruebas acusatorias.

—Las pruebas se les dan un ardite —dijo don Francisco, apoderándose de la jarra de moscatel—. Se fabrican o se compran:

Pues que da y quita el decoro
y quebranta cualquier fuero…

Recitó, entre dos sorbos. Guadalmedina, que se llevaba la pipa a la boca, detuvo el gesto a la mitad.

—No, disculpadme, señor de Quevedo. El Santo Oficio es muy puntilloso en según qué cosas. Si no hay pruebas, por mucho que Bocanegra jure y perjure que el capitán está metido hasta el cuello, la Suprema no aprobará nunca una actuación contra él. Si no hacen nada oficial es porque el chico no ha hablado.

—Siempre hablan —el poeta bebió un largo trago, y luego otro—. Y además, es casi un niño.

—Pues a fe mía que éste no lo ha hecho, por muy niño que sea. Es lo que dan a entender las personas con quienes llevo todo el día conferenciando. Que por cierto, Alatriste, con el oro que hoy he derrochado en tu servicio, podríamos bien quedar en paz con aquel asunto de las Querquenes… Si ciertas cosas se pagaran con oro.

Y Álvaro Luis Gonzaga de la Marca y Álvarez de Sidonia, conde de Guadalmedina, grande de España, confidente del rey nuestro señor, admirado por las damas de la Corte y envidiado por no pocos gentileshombres de la mejor sangre, le dirigió a Diego Alatriste una mirada cómplice, de amistad sincera, que nadie hubiera creído posible entre un hombre de su calidad y un oscuro soldado que, lejos de Flandes y de Nápoles, se ganaba la vida como espadachín a sueldo.

—¿Tiene vuestra merced lo que le pedí? —preguntó Alatriste.

Se ensanchó la sonrisa del conde.

—Lo tengo —había dejado la pipa a un lado, sacando de su jubón un pequeño paquete que entregó al capitán—. Helo aquí.

Otro menos íntimo que don Francisco de Quevedo habríase sorprendido de la familiaridad entre el aristócrata y el veterano. Era notorio que Guadalmedina había recurrido más de una vez al acero de Diego Alatriste para solventar asuntos que requerían buena mano y pocos escrúpulos, como la muerte del marquesito de Soto y algún otro lance al uso. Pero ello no significaba que quien pagare contrajese obligación con el contratado; y mucho menos que un grande de España, que además tenía posición en la Corte, anduviese de correveidile en asuntos de Inquisición, por cuenta de un don nadie cuya espada podía comprar con sólo sacudir la bolsa. Pero, como bien sabía el señor de Quevedo, entre Diego Alatriste y Álvaro de la Marca había algo más que turbios negocios resueltos en común. Casi diez años atrás, siendo Guadalmedina un boquirrubio que acompañaba a las galeras de los virreyes de Nápoles y Sicilia en la jornada desastrosa de las Querquenes, habíase visto apurado cuando los moros cayeron sobre las tropas del rey católico mientras vadeaban el lago. El duque de Nocera, con quien iba don Álvaro, había recibido cinco terribles heridas; y de todas partes acudían alarbes con alfanjes, picas y mucho tiro de arcabuz. De manera que a poco todo fue mortandad para los españoles, que terminaron peleando no ya por el rey sino por sus vidas, matando para no morir, en una espantosa retirada con el agua por la cintura. Aquello, según contaba Guadalmedina, era ya cuestión de cenar con Cristo o en Constantinopla. Cerróle un moro, y perdió él la espada al clavársela, de modo que el siguiente le dio dos golpes de alfanje cuando se revolvía buscando su daga en el agua. Y ya veíase muerto, o esclavo —más lo primero que lo segundo— cuando unos pocos soldados que aún resistían en grupo, dándose ánimos con gritos de «España, España» y cuidándose unos a otros, oyeron sus demandas de auxilio pese a la escopetada, y dos o tres se vinieron a socorrerlo chapoteando en el barro, acuchillándose muy por lo menudo con los alarbes que lo rodeaban. Uno de aquellos era un soldado de enorme mostacho y ojos claros, que tras abrirle la cara a un moro con la pica se pasó un brazo del joven Guadalmedina sobre los hombros y llevólo a rastras por el fango rojo de sangre, hasta los botes y las galeras que estaban frente a la playa. Y todavía allí hubo que reñir, con Guadalmedina desangrándose sobre la arena, entre arcabuzazos y saetas y golpes de alfanje, hasta que el soldado de los ojos claros pudo por fin meterse con él en el agua y, cargándolo a la espalda, llevarlo hasta el esquife de la última galera, mientras atrás sonaban los alaridos de los infelices que no habían logrado escapar, asesinados o hechos esclavos en la playa fatídica.

Aquellos mismos ojos claros estaban ahora frente a él, en el garito de Juan Vicuña. Y —como ocurre contadas veces, pero siempre en ánimos generosos— los años transcurridos desde la jornada sangrienta no habían hecho que Álvaro de la Marca olvidara su deuda. Que aún fue más puesta en razón cuando conoció que el soldado a quien debió la vida en las Querquenes, al que sus camaradas llamaban con respeto capitán, sin serlo, habíase batido también en Flandes bajo las banderas de su padre, el viejo conde don Fernando de la Marca. Una deuda que, por otra parte, Diego Alatriste nunca hacía valer sino en casos extremos; como había ocurrido en la reciente aventura de los dos ingleses, y ahora que andaba mi vida de por medio.

—Volviendo a nuestro Íñigo —prosiguió Guadalmedina—. Si no testifica contra ti, Alatriste, la cosa se detiene ahí. Pero él sí está detenido, y al parecer cuentan con testimonios graves. Eso lo convierte en reo de la Inquisición.

—¿Qué pueden hacerle?

—Pueden hacerle de todo. A la moza la van a quemar, tan fijo como que Cristo es Dios. En cuanto a él, depende. Igual sale librado con unos años de prisión, doscientos azotes, un encorozamiento o qué sé yo. Pero riesgo de hoguera, haylo.

—¿Y qué pasa con Olivares? —preguntó don Francisco.

Guadalmedina hizo un gesto vago. Había vuelto a coger la pipa de barro y chupaba de ella, entornando los ojos entre el humo.

—Ha recibido el mensaje y verá el asunto, aunque no debemos esperar mucho de él… Si tiene algo que decir, nos lo hará saber.

—Pardiez, que no es gran cosa —apuntó don Francisco, malhumorado.

Guadalmedina miró al poeta frunciendo un poco el ceño.

—El privado de Su Majestad tiene otros negocios que atender.

Lo dijo en tono algo seco. Álvaro de la Marca admiraba el talento del señor de Quevedo, y lo estimaba como íntimo del capitán y por gozar entrambos de amigos comunes —habían coincidido además en Nápoles, con el duque de Osuna—. Pero el aristócrata era también poeta en ratos perdidos, y le escocía que el señor de la Torre de Juan Abad no apreciara sus versos. Y más cuando, para congraciarse, habíale dedicado una octava que era de las mejores salidas de su pluma; aquella bien conocida que empezaba:

Al buen Roque en sufrido claudicante...

El capitán no les prestaba atención, ocupado en desenvolver el paquete que había traído el aristócrata. Álvaro de la Marca dio más chupadas a la pipa sin quitarle ojo.

—Ve con mucho tiento, Alatriste —dijo al cabo.

Éste no respondió; miraba con atención los objetos de Guadalmedina. Sobre la arrugada manta del jergón había un plano y dos llaves.

Hervía la olla del Prado. Era la rúa del atardecer, y los carruajes que venían desde la puerta de Guadalajara y

154

la calle Mayor demorábanse entre las fuentes y bajo las alamedas, mientras el sol poniente rozaba ya los tejados de Madrid. Entre la esquina de la calle de Alcalá y la desembocadura de la carrera de San Jerónimo todo era un ir y venir de coches cubiertos y descubiertos, jinetes al estribo de las damas, tocas blancas de dueñas, mandiles de criadas, escuderos, vendedores con agua del Caño Dorado y aloja, mujeres que pregonaban fruta, pucherillos de nata, vidrios de conserva y golosinas.

Como grande de España, con fuero de estar cubierto ante el rey nuestro señor, el conde de Guadalmedina tenía derecho a usar un coche de cuatro mulas —el tiro de seis quedaba reservado a Su Majestad—; mas para la ocasión, que requería discreto aparato, había elegido en sus cocheras un modesto carruaje sin divisa a la vista, con dos razonables mulas grises y cochero sin librea. Era, sin embargo, lo bastante amplio para que él mismo, don Francisco de Quevedo y el capitán Alatriste pudieran acomodarse con espacio de sobra y aguardar, Prado arriba y Prado abajo, la cita concertada. Pasaban, por tanto, inadvertidos entre las docenas de coches que se movían despacio en aquella hora crepuscular en que el Madrid elegante se esparcía en las proximidades del convento de los Jerónimos, con canónigos graves que paseaban abriendo el apetito para la cena, estudiantes tan ricos de ingenio como pobres de maravedís, comerciantes o artesanos con espada al cinto y apellidándose de hidalgos, y sobre todo mucho galán templando terceras —y no me refiero precisamente a cuerdas de guitarra—, muchas manos blancas abrochando y desabrochando cortinillas de carruaje, y mucha dama tapada o sin tapar, descubriendo, fuera del estribo y como al descuido de la basquiña, media vara de seductor guardainfante. A medida que fueran languideciendo los restos del día, el Prado se iría llenando de sombras; y, retirada la gente de respeto, camparían por el lugar tusonas, caballeros en busca de aventuras y pícaros en general, tornándose el lugar escenario de lances, citas galantes y encuentros furtivos bajo los álamos. Todo eso se preñaba ahora con disimulo y muy buenas maneras, cambiándose billetes de coche a coche entre miradas, golpes de abanico, insinuaciones y promesas. Y algunos de los más respetables caballeros y damas que allí se cruzaban sin aire de conocerse, iban a dar en amorosos apartes en cuanto se pusiera el sol, aprovechando la intimidad del coche, o el resguardo de una de las fuentes de piedra que adornaban el paseo, para hacer buena presa. Y no eran inusuales las consabidas cuchilladas, en que lo mismo andaban enamorados, amantes celosos, o maridos que se topaban con especias ajenas en la olla. Sobre este último género había escrito el difunto conde de Villamediana —a quien por lenguaraz habíanle reventado las asaduras de un ballestazo en plena rúa de la calle Mayor— aquellos celebrados versos:

Llego a Madrid y no conozco el Prado,
y no lo desconozco por olvido,
sino porque me consta que es pisado
por muchos que debiera ser pacido.

Álvaro de la Marca, que era rico, soltero y habitual de Prado y calle Mayor, y por tanto de los que hacían en Madrid cornudos en reatas de a doce, andaba aquel atardecer en otro registro. Vestido con discreto traje de paño tan gris como su cochero y sus mulas, procuraba no llamar la atención; hasta el punto de que, atisbando por las cortinillas entornadas, retiróse con presteza al paso de un coche descubierto donde iban damas con guarnición copiosa de pasamanos de plata, seda y abanillos de Nápoles, a las que no le interesaba saludar y de las que, sin duda, era conocido más de lo conveniente. En la otra ventanilla, don Francisco de Quevedo estaba también al acecho tras su cortina a medio cerrar. Diego Alatriste venía entre ambos, estiradas las piernas cubiertas por sus altas botas de cuero, mecido por el suave balanceo del coche y silencioso como de costumbre. Los tres llevaban la espada entre las rodillas y puesto el sombrero.

—Ahí está —dijo Guadalmedina.

Quevedo y Alatriste se inclinaron un poco hacia el lado del conde, para echar un vistazo. Un carruaje negro parecido al suyo, sin divisa en la portezuela y con las cortinas echadas, acababa de pasar la Torrecilla y se adentraba en el paseo. El auriga vestía de pardo, con una pluma blanca y otra verde en el sombrero

Guadalmedina abrió la trampilla y dio instrucciones a su cochero, que sacudió las riendas para ponerse al paso del otro. Anduvieron así corto trecho hasta que el primer carruaje se detuvo en un rincón discreto, bajo las ramas de un viejo castaño junto a las que corría el agua de una fuente rematada por delfín de piedra. Detúvose el segundo coche a su lado. Abrió la puerta Guadalmedina, y descendió al estrecho espacio que quedaba entre ambos. Lo mismo hicieron Alatriste y Quevedo, quitándose los sombreros. Y al descorrerse la cortinilla apareció un rostro sanguíneo y firme, endurecido por ojos oscuros, inteligentes, barba y mostacho feroces, una cabeza grande sobre hombros poderosos, y el dibujo de una roja cruz de Calatrava. Aquellos hombros soportaban el peso de la monarquía más vasta de la tierra, y pertenecían a don Gaspar de Guzmán, conde de Olivares, privado de nuestro señor don Felipe IV, rey de las Españas.

—No esperaba volver a veros tan pronto, capitán Alatriste. Os hacía camino de Flandes.

—Ésa era mi intención, Excelencia. Pero se cruzó un asunto.

—Ya veo… ¿Os han dicho alguna vez que poseéis una rara habilidad para complicaros la vida?

Era un diálogo insólito, habida cuenta que lo mantenían el privado del rey de España y un oscuro espadachín. En el estrecho espacio que mediaba entre los dos coches, Guadalmedina y Quevedo escuchaban en silencio. El conde de Olivares había intercambiado con ellos saludos convencionales, y ahora se dirigía al capitán Alatriste con una atención casi cortés que atenuaba la altivez de su gesto adusto. No era usual tamaña deferencia en el valido, y el hecho no escapaba a nadie.

—Una habilidad asombrosa —repitió Olivares, como para sí.

Guardóse el capitán de comentarios y permaneció quieto, descubierto y con un respeto no exento de aplomo, junto al estribo del carruaje. Tras dedicarle una última ojeada, se dirigió el privado a Guadalmedina:

—Sobre el particular que nos ocupa —dijo—, sabed que no hay nada que hacer. Agradezco vuestras informaciones, mas nada puedo ofreceros a cambio. En materia de Santo Oficio, ni siquiera el rey nuestro señor interviene —hizo un gesto con la mano fuerte y ancha, anudada con poderosas venas—... Aunque, por supuesto, ése no sea negocio con el que podamos molestar a Su Majestad.

Álvaro de la Marca miró a Alatriste, que permanecía impasible, y volvióse luego hacia Olivares.

—¿Ninguna salida, entonces?

—Ninguna. Y siento no ayudaros —había un punto de sinceridad condescendiente en el tono del privado—. En especial porque el tiro que ha sido dirigido a nuestro capitán Alatriste también me era cercano. Pero así son las cosas.

Guadalmedina inclinó la frente, que pese al título de grande de España también mantenía ahora descubierta ante Olivares. Álvaro de la Marca era cortesano, y sabía que cualquier toma y daca en la Corte contaba con límites. Para él ya era un triunfo que el hombre más poderoso de la monarquía concediera un minuto de su tiempo. Y aun así, insistió:

—¿Van a quemar al mozo, Excelencia?

El valido se arreglaba las puntas flamencas que asomaban por los puños de su jubón trencillado de verde muy oscuro, sin joyas ni adornos, tan austero como las vigentes premáticas contra el lujo que él mismo había hecho firmar al rey.

—Mucho me temo que sí —dijo desapasionadamente—. Y a la moza. Y pueden darse gracias de que no tengan a nadie más que llevar al brasero.

—¿Qué tiempo nos queda?

—Poco. Según mis noticias se están acelerando los pormenores del proceso, y puede haber plaza Mayor de aquí a un par de semanas. En el estado actual de mi relación con el Santo Oficio, eso apuntará un lindo tanto a su favor —movió la poderosa cabeza, asentada sobre una golilla almidonada que apresaba el cuello robusto, sanguíneo—… No me perdonan lo de los genoveses.

Sonrió apenas, melancólico, entre la negra barba del mentón y el feroz bigote, y alzó levemente la mano enorme. Aquello era dar por concluido el asunto, y Guadalmedina hizo otra breve inclinación de cabeza, lo justo para ser político sin menoscabo de la honra.

—Vuestra Excelencia ha sido muy generoso con su tiempo. Estamos profundamente agradecidos, y en deuda con Su Grandeza.

—Ya os pasaré la factura, don Álvaro. Mi Grandeza nunca hace las cosas gratis —el valido se volvió a don Francisco, que oficiaba de convidado de piedra—… En cuanto a vos, señor de Quevedo, espero que esto mejore nuestras relaciones. No me irían nada mal un par de sonetos alabando mi política en Flandes, de esos anónimos pero que todo el mundo sabe son escritos por vuestra merced. Y un poema oportuno sobre la necesidad de reducir a la mitad el valor de la moneda de vellón… Algo en la línea de aquellos versos que tuvisteis la bondad de dedicarme el otro día:

Que la cortés estrella que os inclina
a privar, sin intento y sin venganza,
milagro que a la envidia desatina…

160

Don Francisco miró de soslayo a sus acompañantes, incómodo. Tras su larga y penosa caída en desgracia, que empezaba por fin a remontar con buenos augurios, el poeta pretendía recuperar la posición perdida en la Corte, saliendo de pleitos y reveses de fortuna. El asunto del convento de las Benitas llegaba en inoportuno momento para él; y decía mucho en favor de su hombría de bien que, por una antigua deuda de honor y amistad, pusiera en peligro su actual buena estrella. Odiado y temido por su acerba pluma y su extraordinario ingenio, en los últimos tiempos Quevedo procuraba no mostrarse hostil al poder; y eso lo llevaba a compaginar el elogio con su acostumbrada visión pesimista y los accesos de malhumor. Humano a fin de cuentas, escasamente inclinado a volver al destierro, y dispuesto a rehacer un poco su menguada hacienda, el gran satírico procuraba morder el freno, por miedo a estropearlo todo. Además, entonces aún creía sinceramente, como muchos otros, que Olivares podía ser el cirujano de hierro necesario para el viejo y enfermo león hispano. Mas hemos de consignar, en honor del amigo de Alatriste, que incluso en esos tiempos de bonanza escribió una comedia, *Cómo ha de ser el privado*, que no dejaba en absoluto bien parada la creciente privanza del futuro conde-duque. Y aquella amistad cogida con alfileres, a pesar de los intentos de Olivares y otros poderosos de la Corte por atraerse al poeta, terminaría rompiéndose años más tarde; dicen las lenguas ociosas que con el famoso memorial de la servilleta, aunque yo tengo para mí que fue cosa de más enjundia la que los convirtió en enemigos mortales, despertó la cólera del rey nuestro señor, y fue causa de la prisión de don Francisco, ya viejo y enfermo, en San Marcos de León. Eso ocurrió más adelante, llegado el tiempo en que, trocada la monarquía en máquina insaciable de devorar impuestos, sin dar a cambio al esquilmado pueblo más que desastres bélicos y desaciertos políticos, Cataluña y Portugal se alzaron en armas, el francés —como de costumbre— quiso sacar tajada, y España se sumió en la guerra civil, la ruina y la vergüenza. Pero a tan sombríos tiempos me referiré en su momento. Lo que ahora interesa referir es que ese atardecer, en el Prado, el poeta asintió adusto, pero comedido y casi cortés:

—Consultaré a las musas, Excelencia. Y se hará lo que se pueda.

Olivares movió la cabeza, el aire satisfecho de antemano.

—No me cabe duda —su tono era el de quien no considera ni por lo más remoto otra posibilidad—. En cuanto a vuestro pleito por los ocho mil cuatrocientos reales del duque de Osuna, ya sabéis que las cosas de palacio van despacio... Todo se andará. Pasad a verme un día y platicaremos despacio. Y no olvidéis mi poema.

Saludó Quevedo, no sin volver a mirar de reojo a sus acompañantes con cierto embarazo. Observaba en especial a Guadalmedina, acechando en él cualquier signo burlón; pero Álvaro de la Marca era cortesano avezado, conocía las dotes de espadachín del satírico, y mantenía la prudente actitud de quien nada oye. Volvióse el privado hacia Diego Alatriste.

—En cuanto a vos, señor capitán, siento no poder ayudaros —el tono, aunque de nuevo distante como correspondía a la posición de cada cual, era amable—.

162

Confieso que, por alguna razón extraña que tal vez vos y yo conozcamos, siento una curiosa debilidad por vuestra persona... Eso, aparte la solicitud de mi querido amigo don Álvaro, me lleva a concederos este encuentro. Pero sabed que, cuanto más poder se alcanza, más limitada es la ocasión de ejercerlo.

Alatriste tenía el sombrero en una mano y la otra en el pomo de la espada.

—Con todo respeto, vuecelencia puede salvar a ese mozo con sólo una palabra.

—Supongo que sí. Bastaría, en efecto, una orden firmada de mi puño y letra. Pero no es tan fácil. Eso, verbigracia, me pondría en la necesidad de hacer otras concesiones a cambio. Y en mi oficio, las concesiones deben administrarse muy por lo menudo. Vuestro joven amigo alcanza poco peso en la balanza, en relación con otras gravosas cargas que Dios y el rey nuestro señor han tenido a bien poner en mis manos. Así que no me queda sino desearos suerte.

Terminó con una mirada inapelable que daba por zanjado el asunto. Pero Alatriste la sostuvo sin pestañear.

—Excelencia, no tengo más que una hoja de servicios que a nadie importa un ochavo, y la espada de la que vivo —el capitán hablaba muy despacio, cual si más que dirigirse al primer ministro de dos mundos se limitara a reflexionar en voz alta—... Tampoco soy hombre de mucha parola ni recursos. Pero van a quemar a un mozo inocente, cuyo padre, que era camarada mío, murió luchando en esas guerras que son tan del rey como vuestras. Quizá ni yo, ni Lope Balboa, ni su hijo, pesemos en esa balanza que vuecelencia tiene a bien mencionar.

Pero nunca sabe nadie las vueltas que da la vida; ni si un día no serán cinco cuartas de buen acero más provechosas que todos los papeles y todos los escribanos y todos los sellos reales del mundo… Si ayudáis al huérfano de uno de vuestros soldados, os doy mi palabra de que tal día podréis contar conmigo.

Ni Quevedo, ni Guadalmedina, ni nadie, habían oído nunca pronunciar tantas palabras seguidas a Diego Alatriste. Y el privado lo escuchaba impenetrable, inmóvil, con sólo un brillo atento en sus sagaces ojos oscuros. El capitán hablaba con un respeto melancólico, no exento de firmeza, que tal vez hubiera parecido algo rudo de no mediar su mirada serena, el tono tranquilo sin un ápice de jactancia. Parecía limitarse a enunciar un hecho objetivo.

—No sé si hasta cinco, hasta siete o hasta diez —insistió—… Pero podréis contar conmigo.

Hubo un larguísimo silencio. Olivares, que estaba a punto de cerrar la portezuela para dar por concluida la entrevista, se detuvo. El hombre más poderoso de Europa, a quien bastaba un gesto para mover galeones cargados de oro y plata y ejércitos de punta a punta de los mapas, miró fijamente al oscuro soldado de Flandes. Bajo su terrible mostacho negro, el valido parecía sonreír.

—Pardiez —dijo.

Mirólo durante lo que pareció una eternidad. Y luego, muy despacio, tomando papel de un cartapacio forrado en tafilete, el valido escribió con un lápiz de plomo cuatro palabras: *Alquézar. Huesca. Libro Verde.* Leyó después lo escrito varias veces, pensativo, y por fin, tan lentamente como si hasta el último momento considerase una duda, terminó por entregárselo a Diego Alatriste.

—Tenéis mucha razón, capitán —murmuró, aún reflexivo, antes de echarle un vistazo a la espada en cuya empuñadura Alatriste mantenía apoyada la siniestra—. En realidad nunca se sabe.

Capítulo VIII

Una visita nocturna

Sonaban dos campanadas en San Jerónimo cuando
Diego Alatriste hizo girar muy despacio la llave en la ce-
rradura. Su inicial aprensión se trocó en alivio cuando
ésta, engrasada desde dentro aquella misma tarde, giró
con un suave chasquido. Empujó la puerta, franqueán-
dola en la oscuridad sin el menor chirrido de sus goznes.
Auro clausa patent. Con el oro se abren las puertas, habría
dicho el Dómine Pérez; y don Francisco de Quevedo,
referido a él como poderoso caballero, el tal don Dinero.
En realidad, que el oro procediese de la bolsa del conde
de Guadalmedina y no de la escuálida faltriquera del capitán Alatriste, era lo de menos. A nadie importaba su
nombre, origen u olor. Había bastado para comprar las
llaves y el plano de aquella casa, y gracias a él alguien iba
a llevarse una sorpresa desagradable.

Se había despedido de don Francisco un par de horas antes, cuando acompañó al poeta a la calle de las Postas antes de verlo salir al galope, en un buen caballo, con
ropas de viaje, espada, portamanteo y pistola en el arzón

de la silla, llevando en la badana del sombrero aquellas cuatro palabras que el conde de Olivares les había confiado. Guadalmedina, que aprobaba el viaje del poeta, no había mostrado el mismo entusiasmo por la aventura que Alatriste se disponía a emprender esa misma noche. Mejor esperar, había dicho. Pero el capitán no podía esperar. El viaje de Quevedo era un tiro a ciegas. Él tenía que hacer algo, mientras. Y en eso estaba.

Desenvainó la daga, y con ella en la mano izquierda cruzó el patio procurando no tropezar en la oscuridad con algo que despertase a los criados. Al menos uno de ellos, el que había proporcionado llaves y plano a los agentes de Álvaro de la Marca, dormiría aquella noche sordo, mudo y ciego; pero el resto era media docena y podía tomarse a pecho que le turbaran el sueño a tales horas. En previsión de un mal lance, el capitán había adoptado precauciones propias de su oficio. Iba con ropas oscuras, sin capa ni sombrero que estorbasen; al cinto cargaba una de sus pistolas de chispa, bien cebada y a punto, y a la espada y daga añadía el viejo coleto de piel de búfalo que tan señalados servicios prestaba en un Madrid que el mismo Alatriste contribuía, y no poco, a hacer insalubre. En cuanto a las botas, habían quedado en el garito de Juan Vicuña; en su lugar calzaba unas abarcas de cuero y suela de esparto, muy adecuadas para moverse con la rapidez y el silencio de una sombra: socorrido recurso de tiempos aún más ásperos que aquellos, cuando era menester deslizarse de noche entre fajinas y trincheras para degollar herejes en los baluartes flamencos, en el transcurso de crueles encamisadas donde ni se daba cuartel ni cabía esperarlo de nadie.

La casa estaba callada y a oscuras. Alatriste diose con el brocal de un aljibe, rodeólo a tientas y halló por fin la puerta buscada. Hizo la segunda llave su trabajo a satisfacción, y se vio el capitán en una escalera razonablemente ancha. Subió, contenido el aliento, agradeciendo que los peldaños fuesen de piedra y no madera, ahorrándole crujidos. Una vez arriba se detuvo a orientarse al resguardo de un pesado armario. Luego dio unos pasos, dudó en las sombras del pasillo, contó dos puertas a la derecha, y entró vizcaína en mano, recogiendo la espada para que no golpease en ningún mueble. Junto a la ventana, en un contraluz de penumbra aliviado por el suave resplandor de una lamparilla de aceite, Luis de Alquézar roncaba a pierna suelta. Y Diego Alatriste no pudo evitar sonreír para sus adentros. Su poderoso enemigo, el secretario real, tenía miedo de dormir a oscuras.

Alquézar, sólo a medias desvelado, tardó en comprender que no se trataba de una pesadilla. Y cuando hizo gesto de volverse a dormir del otro lado y la daga que tenía bajo el mentón se lo impidió con una dolorosa punción, alcanzó que aquello no era un mal sueño, sino una ingrata realidad. Entonces, espantado, irguióse con sobresalto mientras abría ojos y boca para dar un grito; pero la mano de Diego Alatriste se lo impedía sin miramientos.

—Una sola palabra —susurró el capitán— y os mato.

Entre el gorro de dormir y la mano de hierro que lo amordazaba, los ojos y el bigote del secretario real se agitaban con espasmos de pavor. A pocas pulgadas de su rostro, la débil lucecita de aceite insinuaba el perfil aquilino de Alatriste, el frondoso mostacho, la afilada hoja larga de la daga.

—¿Tenéis guardas armados?

El otro negó con la cabeza. Su aliento humedecía la palma de la mano del capitán.

—¿Sabéis quién soy?

Parpadearon los ojos espantados, y al cabo de un instante la cabeza hizo un gesto afirmativo. Y cuando Alatriste retiró la mano de la boca de Luis de Alquézar, éste permaneció mudo, la boca abierta, congelado el gesto de estupor, mirando la sombra inclinada sobre él como quien mira a un aparecido. El capitán apretó un poco más la daga en su garganta.

—¿Qué vais a hacer con el muchacho?

Alquézar puso en la daga los ojos desorbitados. El gorro de dormir había caído en la almohada, y la lamparilla iluminaba sus cabellos escasos, desordenados y grasientos, que acentuaban la mezquindad de la cara redonda, la gruesa nariz, la barbita rala, estrecha y recortada.

—No sé de quién me habláis —articuló, con voz débil y ronca.

La amenaza del acero no alcanzaba a disimular su despecho. Alatriste apretó la daga hasta arrancarle un gemido.

—Entonces, os mato ahora como que hay Dios.

El otro gimió de nuevo, angustiado. Estaba inmóvil, sin atreverse ya a pestañear siquiera. Las sábanas y su camisa de dormir olían a sudor agrio, a miedo y a odio.

—No está en mi mano —balbució por fin—. La Inquisición…

—No me jodáis con la Inquisición. Fray Emilio Bocanegra y vos, y basta.

Alzó muy despacio Alquézar una mano, conciliador, sin dejar de mirar al soslayo la hoja de acero apoyada en su garganta.

—Tal vez se pueda… —murmuró—. Podríamos intentar quizás…

Estaba asustado. Mas también era cierto que a la luz del día, con aquella daga lejos de su cuello, la actitud del secretario real podía ser bien diferente, y sin duda lo sería. Pero Alatriste no contaba con dónde elegir.

—Si algo le ocurre al zagal —dijo, su cara a menos de una cuarta de la de Alquézar— volveré aquí como he venido esta noche. Vendré a mataros como a un perro, degollándoos mientras dormís.

—Os repito que la Inquisición…

Chisporroteaba el aceite en la lamparilla, y por un momento su luz se reflejó en los ojos del capitán como un atisbo de las llamas del infierno.

—Mientras dormís —repitió; y bajo la mano que apoyaba en el pecho de Alquézar, notó que éste se estremecía—. Lo juro.

Nadie hubiera dudado un ápice de esa verdad, y la mirada del otro reflejó tal certeza. Pero el capitán vio también en su enemigo el alivio de saber que no iban a matarlo esa noche. Y en el mundo de aquel miserable, la noche era la noche, y el día era el día. Todo podía comenzar desde el principio, en una nueva partida de ajedrez. De pronto, Alatriste supo que aquello era inútil, y que el secretario real volvería a sentirse poderoso apenas apartara la daga. La seguridad de que, hiciera él lo que

171

hiciera, yo estaba sentenciado, le produjo una cólera intensa y fría, desesperada. Dudó, y la inteligencia de Alquézar percibió de inmediato, con alarma, aquella duda. El capitán supo todo eso de un vistazo, como si el acero de la vizcaína le transmitiese, con el latido de la sangre de su enemigo, un atisbo siniestro de sus pensamientos.

—Si me matáis ahora —dijo Alquézar lentamente—, el mozo no tendrá salvación.

Era muy cierto, caviló el capitán. Pero tampoco la iba a tener si lo dejaba con vida. Apartóse en eso un poco, lo justo para concederse una breve reflexión sobre si era oportuno degollar allí mismo al secretario real, terminando al menos con una serpiente de aquel nido de víboras. Pero mi suerte seguía conteniéndole el brazo. Movióse para echar un vistazo en torno, cual si buscara espacio para sus ideas; y en ese momento golpeó con el codo una jarra de agua que estaba sobre la mesilla de noche, y él no había visto en la penumbra. La jarra se estrelló contra el suelo con estrépito de arcabuzazo; y cuando Alatriste, aún indeciso, se disponía a sujetar de nuevo a su enemigo daga al cuello, una luz apareció en la puerta. Y al levantar la vista diose con Angélica de Alquézar en camisa de dormir, un cabo de vela en las manos, sorprendida y soñolienta, mirándolos.

A partir de ese instante, todo ocurrió con rapidez. Gritó la niña; un grito agudo y escalofriante que no era de temor, sino de odio. Fue un grito largo, prolongado, como de una hembra de halcón a la que arrebataran sus polluelos, que sonó en la noche, erizándole a Alatriste la piel. Y cuando, confuso, quiso retirarse del lecho, aún con la daga en la mano y sin saber qué diablos hacer con ella, Angélica ya había cruzado el dormitorio, rápida como una bala, y tirando al suelo el cabo de vela se abalanzaba contra él, cual minúscula furia vengativa, el cabello con cintas de tirabuzones y aquella camisa de seda blanca que se movía en la penumbra como el sudario de un espectro —bellísima, supongo, aunque al capitán se le antojara cualquier cosa menos eso—. El caso es que llegóse a él y, asiéndolo lindamente por el brazo de la daga, lo mordió como un pequeño perro de presa, rubio y feroz. Y así estuvo, forcejeando a dentelladas, enganchada al espantado Alatriste, que la alzó en vilo cuando quiso sacudírsela de encima a manotazos. Pero ella no cejaba. Y en ésas, el capitán vio al tío de la niña, libre de la vizcaína que lo amenazaba, saltar de la cama con una presteza insospechada, en camisa y con las piernas desnudas, y precipitándose a un armario sacar una espada corta mientras voceaba «¡asesinos!», «¡favor!», «¡a mí!», y otros gritos semejantes. Con lo que a poco sintióse la casa alborotada, rumor de pasos y golpes, voces arrancadas al sueño y, en suma, un escándalo de mil pares de demonios.

Había logrado el capitán sacudirse por fin a la niña, arrojándola de un manotazo a rodar por el suelo; justo a tiempo para esquivar una cuchillada de Luis de Alquézar, que a no andar muy descompuesto por el lance habría dado allí cuenta final de la azarosa carrera de Alatriste. Metió éste mano a su espada mientras hurtaba el cuerpo de las estocadas que le iba tirando el otro por toda la habitación; y volviéndose, lo ahuyentó con dos

173

mandobles. Buscaba la puerta para ahuecar, mas topóse con la niña, que volvía a la carga con otro bélico chillido de los que hielan la sangre. Lanzóse, en fin, Angélica de nuevo al asalto, sin precaverse de la espada que Alatriste mantenía inútilmente ante ella, y que hubo de levantar en última instancia para no ensartarla como a pollita en espetón. Y en un abrir y cerrar de ojos la niña estuvo otra vez aferrada con uñas y dientes a su brazo, mientras movíase él de un lado a otro de la habitación sin podérsela quitar de encima, tan embarazado que no atendía otra cosa que a esquivar las cuchilladas que Alquézar, sin curarse una brizna de su sobrina, le tiraba con toda la mala intención del mundo. El negocio llevaba vías de eternizarse; de modo que Alatriste logró arrojar de nuevo a la jovencita lejos de sí, y tiróle una estocada a Alquézar que hizo al secretario real irse para atrás a reculones, con mucho estrépito de jofainas, orinales y loza varia. Pudo por fin asomarse el capitán al pasillo, a tiempo para dar de boca con tres o cuatro criados que subían armados. Aquello era mala papeleta. Tan mala, que sacó la pistola y tiróles un pistoletazo a bocajarro que dio con todos ellos en la escalera, en confuso revoltijo de piernas, brazos, espadas, broqueles y garrotes. Y antes de que tuvieran tiempo de rehacerse, volvió atrás, puso el pestillo a la puerta y cruzó el cuarto como una exhalación en procura de la ventana, no sin antes esquivar otras dos recias cuchilladas de Alquézar y encontrarse, por tercera y maldita vez, con la niña pegada como una sanguijuela a su brazo, donde había vuelto a encaramarse para morderlo con una fiereza insospechada en una cría de doce años. El caso es que llegóse el capitán a la ventana, abrió el postigo con una patada, rasgó de una estocada la camisa de Alquézar, que trastabilló cubriéndose con torpeza en dirección a la cama, y mientras pasaba una pierna sobre la barandilla de hierro sacudió el brazo, intentando una vez más que Angélica soltara la presa. Los ojos azules y los dientes menudos y blanquísimos —que don Luis de Góngora, con perdón del señor de Quevedo, habría descrito como aljófares, o diminutas perlas entre purpúreas rosas— aún relampaguearon con inaudita ferocidad, antes de que Alatriste, ya bastante harto de todo aquello, la agarrara por los tirabuzones y, arrancándosela del castigado brazo, la mandara por el aire cual pelota furiosa y chillona, a golpear contra el tío y dar ambos en la cama, que terminó hundiéndose estrepitosamente sobre sus patas.

Entonces el capitán se descolgó por la ventana, cruzó el patio, salió a la calle, y no paró de correr hasta que dejó bien atrás semejante pesadilla.

Se alejó al reparo de las sombras, buscando las calles más oscuras para regresar al garito de Juan Vicuña. Anduvo así de la Cava Alta a la Baja por la Posada de la Villa, y pasó ante los postigos echados del boticario Fadrique antes de cruzar Puerta Cerrada, por donde a tan menguada hora no transitaba un alma.

Prefería no pensar, mas era inevitable. Tenía la certeza de haber cometido una estupidez que sólo empeoraba la situación. Una fría cólera le latía en el pulso y las sienes, como golpes de sangre, y de buena gana habríase dado de puñadas en el rostro, para desfogar su desesperación y su ira. Y sin embargo —se dijo al recobrar poco a poco la calma—, el impulso de hacer algo, de no seguir esperando que otros decidieran por él, lo había empujado a salir del cubil como un lobo desesperado, a la caza de no sabía bien qué. No era muy propio de él. La existencia, durara lo que durase, era mucho más sencilla cuando no quedaba sino precaverse uno mismo, en un mundo difícil donde a diario tocaban a degüello y cada cual se veía obligado a sus propias fuerzas, sin esperar nada de nadie; sin otra responsabilidad que mantener intactas piel y vida. Diego Alatriste y Tenorio, veterano de los tercios de Flandes y las galeras de Nápoles, había pasado luengos años hurtándose a todo sentimiento que no pudiera resolver con una espada. Mas hete aquí que un mozo del que poco antes apenas conocía el nombre llegaba a trastocar todo eso; haciéndolo consciente de que cada cual, por crudo y ahigadado que sea, tiene rendijas en el coselete.

Y hablando de rendijas. Tentóse Alatriste el antebrazo izquierdo, aún dolorido por los mordiscos de Angélica, y no pudo evitar una mueca admirada. A veces las tragedias adquieren tintes de entremés burlesco, se dijo. Aquella gata rubia y pequeñita, de quien sólo había tenido vagas referencias —yo mismo nunca mencioné antes su nombre, y el capitán lo ignoraba todo de mi relación con ella—, prometía en ferocidad y casta. De cualquier modo, voto a tal, digna sobrina era de su tío.

Por fin, recordando una vez más los ojos espantados de Luis de Alquézar, su aliento en la mano que lo amordazaba, el olor agrio del sudor y el miedo, Alatriste

176

se encogió de hombros. Imponíase, al cabo, su estoicismo de soldado. Después de todo, concluyó, nunca se sabe; nunca es posible alcanzar las consecuencias de nuestros actos. Al menos, tras el sobresalto nocturno que acababa de vivir, ahora también Luis de Alquézar se sabía vulnerable. Su cuello estaba tan a la merced de una daga como el de cualquiera; y habérselo hecho ver claro podía ser tan malo como bueno, según pintara el naipe.

Con tan encontradas reflexiones hallóse al fin en la plazuela del Conde de Barajas, a un paso de la plaza Mayor; y al disponerse a doblar la esquina vio luz y gente. No eran horas de paseo, de modo que se precavió en un zaguán. Tal vez se trataba de clientes de Juan Vicuña que salían de burlanguear la desencuadernada, o trasnochadores de lance, o justicia. Mas, fueran quienes fuesen, no estaban las cosas para encuentros inesperados, dimes y diretes.

A la luz del farol que tenían en el suelo, vio que fijaban un cartel junto al arco de los Cuchilleros, y luego se alejaban calle abajo. Eran cinco, armados, con un rollo de carteles y un cubo con engrudo; y Alatriste habría seguido camino sin reparar demasiado en lo que hacían, de no haber alcanzado a la claridad del farol que uno de ellos llevaba el bastón negro de los familiares de la Inquisición. Así que apenas se perdieron de vista fue hasta el cartel y quiso leerlo, mas no había luz. De modo que, como el engrudo estaba fresco, lo arrancó de la pared, doblándolo en cuatro, y con él ascendió los escalones del arco. Luego anduvo bajo los soportales de la plaza, abrió la puertecilla secreta de Juan Vicuña, y tras hacer lumbre con yesca y pedernal encendió un cabo de vela en el pasillo. Hizo todo eso forzándose a ser paciente, como quien se demora en romper los sellos de una carta de la que espera malas noticias. Y, en efecto, las malas noticias estaban allí. El cartel era del Santo Oficio:

✠

Sepan todos los vezinos y moradores desta Villa, y Corte de Su Magestad, que el Sancto Officio de la Inquisición celebra Aucto público de Fée en la Plaça mayor desta Corte el próximo domingo día quatro...

Pese a su áspera forma de ganarse la vida, el capitán Alatriste no era hombre dado a usar el nombre de Dios en vano; pero aquella vez atronó el aire con una ruda blasfemia soldadesca que hizo temblar la llama de la vela. Hasta el día cuatro mediaba menos de una semana, y no había ninguna maldita cosa que él pudiera hacer hasta entonces, salvo aguardar dándose a todos los diablos. Eso, con la posibilidad añadida de que, tras su visita nocturna al secretario real, al día siguiente pegaran otro cartel, esta vez del corregidor, pregonando su cabeza. Arrugó el papel y se estuvo inmóvil apoyado en la pared, mirando largo rato al vacío. Había quemado todas las cargas de pólvora del arcabuz, salvo una. Ahora, la única esperanza era don Francisco de Quevedo.

Disculpen vuestras mercedes que vuelva a ocuparme de mi persona, en el calabozo de las cárceles secretas de Toledo, donde casi había perdido la noción del tiempo, del día y de la noche. Tras algunas sesiones más con sus correspondientes palizas por parte del esbirro pelirrojo —cuentan que también Judas fue bermejo, y así haya terminado sus días mi verdugo como aquél los concluyó—, y sin que yo llegase a revelar nada digno de mención, me dejaron más o menos en paz. La acusación de Elvira de la Cruz y el amuleto de Angélica parecían bastar para su propósito, y la última sesión realmente dura consistió en un prolijo interrogatorio a base de mucho «no es más cierto», «di la verdad», y «confiesa que», donde me preguntaron repetidamente por supuestos cómplices, moliéndome con el vergajo las espaldas a cada silencio mío, que fueron todos. Diré, tan sólo, que me tuve firme y no pronuncié nombre alguno. Y que eran tales mi debilidad y postración, que aquellos desmayos que solía fingir al principio, y tan cabal resultado dieron, seguíanse produciendo ahora de suerte natural, lo que me ahorraba calvario. Imagino que si mis verdugos no llegaron más lejos fue por miedo a privarse del brillante papel que me preparaban en el festejo de la plaza Mayor; mas no alcanzaba yo a considerar todo esto por lo menudo, pues hallábame con muy parva lucidez, tan embotado de seso que ni siquiera me reconocía en el Íñigo que soportaba azotes o despertaba con un estremecimiento, en la oscuridad del húmedo calabozo, oyendo a la rata ir y venir por el suelo. Mi única verdadera aprensión era pudrirme allí hasta cumplir los catorce años, y trabar entonces estrecho conocimiento con el artilugio de madera y cuerdas que seguía en la sala de interrogatorios, como cierto de que tarde o temprano iba a terminar yo perteneciéndole.

Mientras tanto, cacé la rata. Harto de dormir temeroso de sus mordiscos, dediqué muchas horas a estudiar la situación. Concluí así conociendo sus costumbres mejor que las mías propias; sus recelos —era una vieja rata veterana—, audacias y manera de moverse entre aquellas paredes. Llegué a seguir con el pensamiento cuantos recorridos hacía, incluso a oscuras. Así que una vez, fingiéndome dormido, la dejé hacer su camino habitual hasta que la supe en el rincón donde, previsor, había dispuesto cada vez algunas migas de pan, acostumbrándola en esa querencia. Y luego agarré la jarra del agua y la estrellé sobre ella, con tan buena fortuna que estiró la pata sin decir ay, o lo que diablos digan las ratas cuando les dan lo suyo.

Aquella noche pude, por fin, dormir tranquilo. Pero a la mañana siguiente empecé a echarla de menos. Su ausencia me dejaba tiempo para reflexionar en otras cosas, como la traición de Angélica y la hoguera donde podía, muy por lo fijo, acabar mi corta existencia. En cuanto a que me hicieran chamusquina, diré, sin alardes ni bravuconadas, que no me preocupaba en extremo. Estaba tan cansado de mi prisión y mi tormento, que cualquier cambio se antojaba liberación. Empleábame a veces en calcular cuánto tardaría en morir quemado; aunque si abjurabas en debida forma te daban garrote antes de encender la pira, y el negocio concluía más gentil. De cualquier modo, me consolaba, ningún sufrimiento es eterno; y al final, por mucho que se prolongue, descansas. Además, en aquel tiempo morir era facilísimo y harto ordinario. Y yo no contaba excesivos pecados que lastraran mi alma hasta el punto de impedirle reunirse, en el lugar adecuado, con la del buen soldado Lope Balboa. Y a mi edad, con cierto heroico concepto de la vida —recordemos, en mi descargo, que veíame en tales pasos por no delatar al capitán ni a sus amigos— todo aquello se hacía llevadero al considerarlo una prueba en la que, si excusan vuestras mercedes, me encontraba bien satisfecho de mí mismo. Ignoro si de verdad era yo entonces un mozo de natural valiente o no lo era; pero vive Dios que si el primer paso hacia la valentía consiste en comportarse uno como tal, yo —hagan memoria— de esos pasos había dado ya unos cuantos.

Sentía, sin embargo, un desconsuelo infinito. Una pena muy honda parecida a ganas de llorar por dentro, que nada tenía que ver con las lágrimas de dolor o debilidad física que a veces derramaba por fuera. Consistía más bien en una congoja, fría, triste, relacionada con el recuerdo de mi madre y mis hermanillas, la mirada del capitán cuando aprobaba en silencio alguno de mis actos, las suaves laderas verdes del paisaje de Oñate, mis juegos infantiles con los mozos de los caseríos cercanos. Sentía despedirme para siempre de eso, y sentía todas las cosas hermosas que aguardaban delante, en la vida, y que ya no iba a tener jamás. Y sentía, sobre todo, no mirarme por última vez en los ojos de Angélica de Alquézar.

Juro a vuestras mercedes que no lograba odiarla. Por el contrario, la certeza de que tenía parte en mi desgracia dejábame un regusto agridulce, que intensificaba el hechizo de su recuerdo. Era malvada —y aún lo fue más con el tiempo, voto a Cristo— pero era bellísima. Y justo esa connivencia de maldad y de belleza, tan ligadas una a otra, me causaba una fascinación intensa, un doloroso placer al

181

sufrir trabajos y penar por su causa. Parece cosa de embeleco, a fe. Pero más tarde, pasando los años, conocí historias de hombres a quienes un diablo astuto había arrebatado el alma; y en cada una de ellas reconocí sin esfuerzo mi propio rapto. Angélica de Alquézar habíame enajenado el alma, y la retuvo durante toda su vida. Y yo, que le hubiera dado mil veces la muerte y otras mil hubiera muerto sin pestañear por ella, no olvidaré jamás su inextricable sonrisa, sus fríos ojos azules, su piel blanquísima, suave y tersa, cuyo tacto delicioso aún recuerda la mía, cubierta de antiguas cicatrices, alguna de las cuales, pardiez, hízome ella misma. Como la que llevo en la espalda, larga, de daga, indeleble igual que aquella noche, mucho después del tiempo que ahora narro, cuando ya no éramos niños y la abracé amándola y odiándola a un tiempo, sin importarme amanecer vivo o muerto. Y ella, mirándome muy de cerca, en un susurro, con los labios rojos de sangre tras besar mi herida, pronunció unas palabras que no olvidaré ni en esta vida ni en la otra: *«Me alegro de no haberte matado todavía»*.

Amedrentado, prudente o quizás astuto, si no todo a la vez, Luis de Alquézar era un cuervo paciente, y tenía naipes de sobra para seguir jugando a su modo. Así que guardóse bien de dar tres cuartos a nadie. El nombre de Diego Alatriste no salió pregonado en parte alguna, y éste pasó la jornada, como las anteriores, a buen recaudo en el garito de Juan Vicuña. Pero en aquel tiempo las noches del capitán resultaban más movidas que sus días, y al amparo de la siguiente resolvió hacer otra visita a un viejo conocido.

El teniente de alguaciles Martín Saldaña se lo encontró a la puerta de su casa, en la calle del León, cuando ya a hora menguada regresaba de hacer la última ronda. O más bien, a fuer de exactos, lo que encontró fue el reflejo de su pistola encañonándolo en el zaguán. Pero Saldaña era hombre templado, que había visto no pocas pistolas, y arcabuces, y todo tipo de armas apuntándole a lo largo de su existencia, y aquello no le daba más frío ni más calor que el ordinario. Así que puso los brazos en jarras, mirando a Diego Alatriste que, con capa y sombrero, sostenía la pistola en la diestra, apoyada precavidamente la siniestra en el mango de la daga que le asomaba tras los riñones.

—Por vida del rey, Diego, que te gusta jugártela.

Alatriste no respondió al comentario. Salió un poco de la sombra, para ver la cara del teniente de alguaciles a la escasa luz de la calle —sólo un hachote ardía en la esquina de la calle de las Huertas— y luego movió el cañón de la pistola hacia arriba, como si pretendiera mostrársela al otro.

—¿La necesito?

Saldaña lo observó unos instantes en silencio.

—No —dijo al fin—. De momento.

Aquello relajó el ambiente. El capitán devolvió la pistola al cinto y apartó la mano de la daga.

—Vamos a dar un paseo —dijo.

—Lo que no entiendo —dijo Alatriste— es por qué no me buscan públicamente.

Bajaban por la plazuela de Antón Martín hacia la calle de Atocha, desierta a tales horas. Aún quedaba algo de luna menguante, que acababa de salir tras el chapitel del hospital del Amor de Dios, y su claridad rielaba en el agua que rebosaba el brocal de la fuente y corría en arroyuelos calle abajo. Olía a verduras podridas, y al acre estiércol de mulas y caballos.

—No lo sé, ni quiero saberlo —dijo Saldaña—. Pero es verdad. Nadie ha dado tu nombre a la justicia.

Apartóse para evitar el barro, puso el pie donde no debía y ahogó una maldición tras la barba entrecana. El corto herreruelo acentuaba su aspecto macizo, ancho de hombros.

—De cualquier modo —prosiguió—, ten mucho cuidado. Que mis corchetes no te sigan el rastro no quiere decir que nadie se interese por tu salud… Según mis noticias, los familiares de la Inquisición tienen órdenes de echarte mano con la máxima discreción.

—¿Te han dicho por qué?

Saldaña miró al capitán de soslayo.

—Ni me lo han dicho, ni quiero saberlo. Por cierto: han identificado a la mujer que apareció muerta el otro día en la silla de manos… Se trata de una tal María Montuenga, que servía como dueña a una novicia del convento de la Adoración Benita… ¿Te suena?

—En absoluto.

—Ya me imaginaba yo —el teniente de alguaciles reía quedo, entre dientes—. Y mejor así, pese a tal, porque se trata de un asunto bien turbio. Dicen que la vieja andaba en tercerías, y que ahora está la Inquisición de por medio… Eso tampoco te sonará de nada, imagino.

—De nada.

—Ya. También se habla de algunos muertos que nadie ha visto, y de cierto convento patas arriba en mitad de un zafarrancho que ningún vecino recuerda… —volvió a mirar de soslayo a Alatriste—. Hay quien relaciona todo eso con el auto de fe del domingo.

—¿Y tú?

—Yo no relaciono. Recibo órdenes y las cumplo. Y cuando nadie me cuenta, circunstancia que en este caso celebro mucho, me limito a ver, oír y callar. Que no es mala postura en mi oficio… En cuanto a ti, Diego, quisiera verte lejos de todo esto… ¿Por qué no has ahuecado de la Corte?

—No puedo. Íñigo…

Saldaña lo interrumpió con un fuerte juramento.

—No sigas. Ya he dicho que no quiero saber nada de tu Íñigo y de ninguna otra maldita cosa… Respecto al domingo, algo sí puedo decirte: mantente aparte. Tengo orden de poner a todos mis alguaciles, armados hasta los dientes, a disposición del Santo Oficio. Haya lo que haya, ni tú ni la santa madre de Dios podréis mover un dedo.

Pasó ante ellos la rápida sombra negra de un gato. Estaban cerca de la torre del hospital de la Concepción, y una voz de mujer gritó «agua va». Se apartaron, prudentes, oyendo el chorro del orinal vaciarse desde arriba, en la calle.

—Una última cosa —dijo Saldaña—. Hay un fulano. Cierto espadachín del que debes precaverte… Por lo visto, en este negocio, paralela a la trama oficial hay trama oficiosa.

—¿En qué negocio?... —en la oscuridad, Alatriste torcía el mostacho, burlón—. Acabo de oírte decir que no sabes nada.

—Vete al diablo, capitán.

—Con el diablo quieren madrugarme, por cierto.

—Pues no te dejes, diantre —Saldaña se acomodó mejor el herreruelo sobre los hombros, y las pistolas y todo el hierro que llevaba al cinto tintinearon lúgubremente—. Ése de quien te hablo anda haciendo pesquisas sobre tu paradero. También ha reclutado a media docena de bravoneles para filetear tus asaduras sin que tengas tiempo a decir hola. El fulano se llama...

—Malatesta. Gualterio Malatesta.

Volvió a sonar la risa queda de Martín Saldaña.

—El mismo —confirmó—. Es italiano, creo.

—De Sicilia. Una vez hicimos un trabajo juntos. O más bien lo hicimos a medias... Después nos tropezamos un par de veces.

—Pues no le dejaste buen recuerdo, voto a Cristo. Creo que te tiene muchísimas ganas.

—¿Qué más sabes de él?

—Poca cosa. Cuenta con padrinos poderosos y es bueno en su oficio de matarife. Por lo visto anduvo en Génova y Nápoles degollando mucho y bien por cuenta ajena. Dicen que hasta lo disfruta. Vivió un tiempo en Sevilla, y en Madrid lleva cosa de un año... Si quieres puedo hacer algunas averiguaciones.

Alatriste no respondió. Habían llegado al extremo del Prado de Atocha, y ante ellos se extendía la despoblada oscuridad de los huertos, el campo y el arranque del camino de Vallecas. Se quedaron un rato quietos, oyendo el chirriar de los grillos. Al cabo fue Saldaña quien habló de nuevo.

—Ten cuidado el domingo —dijo en voz baja, como si el lugar estuviese lleno de oídos indiscretos—. No quisiera tener que ponerte grilletes. O matarte.

El capitán seguía sin decir nada. Continuaba inmóvil, envuelto en su capa, el ala del chapeo oscureciéndole aún más el rostro. Saldaña suspiró ronco, dio unos pasos como para irse, suspiró de nuevo y se detuvo con un malhumorado voto a Dios.

—Oye, Diego —miraba, como Alatriste, hacia la oscuridad del campo—. Ni tú ni yo nos hacemos demasiadas ilusiones sobre el mundo en que nos toca vivir… Yo estoy cansado. Tengo una mujer hermosa, un trabajo que me gusta y me permite ahorrar. Eso hace que, cuando llevo la vara de teniente, no conozca ni a mi padre… Puedo perfectamente ser un hideputa, cierto; pero en cualquier caso soy *mi propio* hideputa. Me gustaría que tú…

—Hablas demasiado, Martín.

El capitán lo había dicho suavemente, en tono abstraído. Quitóse Saldaña el fieltro y se pasó una de sus manos cortas y anchas por el cráneo, donde el pelo le escaseaba.

—Tienes razón. Hablo demasiado. Tal vez porque me hago viejo —suspiró por tercera vez sin apartar los ojos de la oscuridad, atento a los grillos—. Nos hacemos viejos, capitán. Tú y yo.

Se oyeron las lejanas campanadas de un reloj. Alatriste seguía inmóvil.

—Vamos quedando pocos —dijo.

—Muy pocos, pardiez —el teniente de alguaciles se puso de nuevo el sombrero, dudó unos instantes y luego vino hasta el capitán, deteniéndose otra vez a su lado—. Pocos con quienes compartir recuerdos y silencios. Y además, escasamente parecidos a quienes fuimos.

Se puso a silbar bajito un antiguo aire militar. Una coplilla que hablaba de viejos tercios, asaltos, botines y victorias. La habían cantado juntos, con mi padre y otros camaradas, dieciocho años atrás, en el saqueo de Ostende y la marcha a lo largo del Rhin hacia Frisia con don Ambrosio Spínola, cuando las tomas de Oldensel y Linghen.

—Pero tal vez este siglo —apuntó al terminar— ya no merezca hombres como nosotros... Me refiero a quienes en otro tiempo fuimos.

Volvióse a mirar a Alatriste. Este asentía lentamente. La estrecha luna arrojaba a sus pies una vaga sombra sin contornos, difusa.

—Quizá —murmuró el capitán— nosotros no los merezcamos tampoco.

188

Capítulo IX

El auto de fe

A la España del cuarto Felipe, como a la de sus antecesores, le encantaba quemar herejes y judaizantes. El auto de fe atraía a miles de personas, desde la aristocracia al pueblo más villano; y cuando se celebraba en Madrid era presenciado, en palcos de honor, por sus majestades los reyes. Incluso la reina doña Isabel, nuestra señora, que por joven y gabacha hizo al principio de su matrimonio ciertos ascos a ese género de cosas, terminó aficionándose como todo el mundo. Por lo único español que la hija de Enrique el Bearnés no pasó nunca fue por vivir en El Escorial —todavía bajo la ilustre sombra del Rey Prudente—, que siempre encontró demasiado frío, grande y siniestro para su gusto. Aunque de cualquier modo la francesa terminó fastidiándose a título póstumo; pues, pese a que nunca quiso hollarlo viva, allí terminó enterrada a su muerte. Que no es mal sitio, vive Dios, junto a las imponentes sepulturas del emperador Carlos y de su hijo el gran Felipe, abuelos de nuestro cuarto Austria. Merced a quienes, para bien o para mal, a despecho del turco, el francés, el holandés, el inglés y la puta que los parió, España tuvo, durante un siglo y medio, bien agarrados a Europa y al mundo por las pelotas.

Pero volvamos a la chamusquina. La fiesta, donde para mi desgracia yo mismo tenía lugar reservado, empezó a prepararse un par de días antes, con mucho ir y venir de carpinteros y sus oficiales en la plaza Mayor, construyendo un tablado alto, de cincuenta pies de largo, con anfiteatro de gradas, colgaduras, tapices y damascos, que ni en la boda de sus majestades los reyes viose tanta industria y tanta máquina. Atajaron todas las bocas de calles para que coches y caballos no embarazasen el paso; y para la familia real se previno un dosel en la acera de los Mercaderes, por ser esta más pródiga en sombra. Como el desarrollo del auto era prolijo, llevándose todo el día, previniéronse aposentos para que se refrescaran y comieran, con toldos que hicieran resguardo; y decidióse que, para comodidad de las augustas personas, ingresaran a su palco desde el palacio del conde de Barajas, por el pasadizo elevado que, sobre la cava de San Miguel, lo comunicaba con las casas que el conde tenía en la plaza. Era tal la expectación causada por esta clase de sucesos, que las boletas para conseguir ventana solían convertirse en codiciadísima materia; y hubo quien pagó buenos ducados al alcalde de Casa y Corte por hacerse con las mejor situadas, incluyendo embajadores, grandes, gentileshombres de cámara, presidentes de los consejos, y hasta el Nuncio de Su Santidad, que no se perdía fiesta de toros, cañas o chicharrones ni por una fumata blanca.

En tal jornada, que pretendía memorable, el Santo Oficio quiso matar varias perdices de un solo escopetazo.

Resueltos a minar la política de acercamiento del conde de Olivares a los banqueros judíos portugueses, los más radicales inquisidores de la Suprema habían planeado un auto de fe espectacular, que metiera el miedo en el cuerpo a quienes no andaban ciertos en limpieza de sangre. Y el mensaje era nítido: por mucho dinero y favor del valido que tuvieran, los portugueses de origen hebreo nunca estarían seguros en España. La Inquisición, apelando siempre en último extremo a la conciencia religiosa del rey nuestro señor —tan irresoluto e influenciable de joven como de viejo, de buena naturaleza y ningún carácter—, prefería un país arruinado pero con la fe intacta. Y esa, que a la larga tuvo efecto, y muy desastroso por cierto, en los planes económicos de Olivares, fue razón principal de que el proceso de la Adoración Benita, así como otras causas similares, se acelerase para eficaz y público escarmiento. De modo que resolvieron en pocas semanas lo que otras veces ocupaba meses, e incluso años de minuciosa instrucción.

Con las prisas, incluso, simplificáronse trámites del complicado protocolo. Las sentencias, que se leían a los penitenciados la noche anterior tras una solemne procesión de las autoridades, llevando éstas la cruz verde destinada a la plaza y la blanca que se levantaba en el quemadero, dejáronse para hacerse públicas en el mismo auto de fe, con todo el mundo ya presente en el festejo. El día anterior habían llegado desde las cárceles de Toledo los presos destinados al acto, que eran —éramos— una veintena, alojándonos en los calabozos que el Santo Oficio tenía en la calle de los Premostenses, por mal nombre calle de la Inquisición, muy cerca de la plazuela de Santo Domingo.

Llegué así la noche del sábado, sin comunicarme con nadie desde que fui sacado de mi celda y puesto en un coche, con las cortinillas cerradas y fuerte escolta, del que no salí hasta que, a la luz de teas encendidas, me hicieron descender en Madrid, entre familiares de la Inquisición armados. Bajáronme a un nuevo calabozo donde cené de forma razonable; y con eso, una manta y un jergón, aviéme la incierta noche, que fue toda de pasos y ruido de cerrojos al otro lado de la puerta, voces que iban y venían, mucho trajín y aparato. Con lo que empecé a temer muy por lo serio que la siguiente jornada íbame a deparar pesados trabajos. Me estrujaba el seso rebuscando en los lances apretados que había visto en los corrales de comedias, a la espera, como siempre ocurría en ellos, de una traza oportuna con que salir. A esas alturas tenía la seguridad de que, fuera cual fuese mi culpa, no podía ser quemado a causa de mi edad. Pero las penas de azotes y el encarcelamiento, incluso de por vida, entraban en los usos del caso; y no andaba yo cierto de cuál iba a resultar mejor libranza. Sin embargo —cosas de la prodigiosa naturaleza—, los buenos humores de mi mocedad, las penurias pasadas y el agotamiento del viaje hicieron pronto su natural efecto, y tras un largo rato en vela, sin cesar de interrogarme por mi triste suerte, vencióme un sueño piadoso y reparador que alivió las inquietudes de mi entendimiento.

Dos mil personas habían velado para asegurarse un sitio, y a las siete de la mañana en la plaza Mayor no cabía un alma. Disimulado entre la multitud, con el chapeo de ala ancha bien puesto sobre la cara y un herreruelo vuelto sobre el hombro a modo de discreto embozo, Diego Alatriste abrióse paso hasta asomarse al portal de la Carne. Los arcos estaban abarrotados de gente de todo estado y condición. Hidalgos, clérigos, artesanos, criadas, comerciantes, lacayos, estudiantes, pícaros, mendigos y chusma varia se empujaban unos a otros buscando situarse bien. Negreaban las ventanas de gente de calidad, cadenas de oro, argentados, ruanes, puntas de a cien escudos, hábitos y toisones. Y abajo, familias enteras, niños incluidos, acudían con cestas de vituallas y refrescos destinados a la comida y la merienda, mientras alojeros, aguadores y vendedores de golosinas empezaban a hacer su agosto. Un merchante de estampas religiosas y rosarios pregonaba a voces su mercancía, que en jornada como aquélla, aseguraba, traía bendición del papa e indulgencias plenarias. Más allá, un supuesto mutilado de Flandes, que en su vida había visto una pica ni de lejos, limosneaba plañidero, disputándose el lugar con un falso tullido y otro que fingía burdamente tener la tiña con una capa de pez sobre la cabeza rapada. Jugaban de vocablo los galanes y gitaneaban las busconas. Y dos mujeres, una bonita sin manto y otra cariazogada y fea con él, de las que juran no sentarse en ramo verde hasta enamorar a un grande de España o a un genovés, convencían a un menestral, aficionado a bizarrear de espada y dárselas de galán y caballero, de que aflojara la bolsa para regalarlas con unos azafates de fruta y unas peladillas. Y el pobre hombre, en la esperanza del lance, había soltado ya dos de a ocho que llevaba encima, alegrándose para su coleto de no llevar más. Ignorante, el menguado, de que los verdaderos señores nunca dan, ni amagan; antes hacen gala de no dar, y después, también.

Era un día luminoso, perfecto para la jornada, y el capitán entornaba los ojos claros, deslumbrados por el azul que se derramaba por los aleros de la plaza. Anduvo entre la gente abriéndose paso a codazos. Olía a sudor, a multitud, a fiesta. Sentía crecerle una desesperación sin consuelo posible; la impotencia ante algo que escapaba a sus limitadas fuerzas. Aquella maquinaria que se movía inexorable no dejaba resquicio para otra cosa que la resignación y el espanto. Nada podía hacer, y ni siquiera él estaba seguro allí. Andaba con el mostacho sobre el hombro, retirándose apenas alguien lo miraba un poco más de lo debido. En realidad se movía por hacer algo, por no estarse quieto pegado a la columna de un soportal. Se preguntó dónde diablos andaría a tales horas don Francisco de Quevedo, cuyo viaje, resultara lo que resultase, era ya el único hilo de esperanza frente a lo inevitable. Un hilo que sintió romperse cuando sonaron las cornetas de la guardia, haciéndole mirar la ventana cubierta con un dosel carmesí en la fachada de los Mercaderes. El rey nuestro señor, la reina y la Corte ocupaban ya sus asientos entre los aplausos de la multitud: de terciopelo negro el cuarto Felipe, grave, sin mover pie, mano ni cabeza, tan rubio como la pasamanería de oro y la cadena que le cruzaba el pecho; de raso amarillo la reina nuestra señora, tocada con garzota de plumas y joyas. Formaban las guardias con alabardas bajo su ventana, a un lado la española y al otro la tudesca, con la de arqueros en el centro, imponentes todas en su orden impasible.

Aquello era un gallardo espectáculo para todo el que no corría peligro de que lo quemasen. La cruz verde estaba instalada sobre el tablado, y pendían de las fachadas, sembradas a trechos, las armas de Su Majestad y las de la Inquisición: una cruz entre una espada y una rama de olivo. Todo era rigurosamente canónico. El espectáculo podía comenzar.

Nos habían sacado a las seis y media, entre alguaciles y familiares del Santo Oficio armados con espadas, picas y arcabuces, y llevado en procesión por la plazuela de Santo Domingo para bajar a San Ginés y de ahí, cruzando la calle Mayor, entrar a la plaza por la calle de los Boteros. Marchábamos en fila, cada uno con su escolta de guardias armados y familiares enlutados de la Inquisición con siniestros bastones negros. Había clérigos con sobrepellices, gori-gori, lúgubres tambores, cruces cubiertas con velos y gente mirando por las calles. Y allí, en el centro, caminábamos primero los blasfemos, luego los casados dos veces, tras ellos los sodomitas, los judaizantes y los adeptos a la secta de Mahoma, y por último los reos de brujería; y cada grupo incluía las estatuas de cera, cartón y trapo de los que habían muerto en prisión o andaban fugitivos e iban a ser quemados en cadáver o en efigie. Yo estaba hacia la mitad de la procesión, entre los judaizantes menores, tan aturdido que me creía en mitad de un sueño del que, con algún esfuerzo, iba a despertar aliviado de un momento a otro. Todos lucíamos sambenitos: una especie de camisones que nos habían vestido los guardias al sacarnos de los calabozos. El mío llevaba un aspa roja, pero otros estaban pintados con las llamas del infierno. Había hombres, mujeres y hasta una niña de casi mi edad. Algunos lloraban y otros se mantenían impasibles, como un clérigo joven que había negado en misa que Dios estuviese dentro de la sagrada forma, y se resistía a retractarse. Una vieja a la que sus vecinos denunciaban por bruja, que por su mucha edad no podía tenerse, y un hombre a quien el tormento había tullido los pies, iban a lomos de mulas. Los acusados más graves llevaban corozas, y a todos nos habían puesto una vela en las manos. A Elvira de la Cruz la había visto con sambenito y encorozada, cuando nos formaban para la procesión y situábanla a ella entre los últimos. Después echamos a andar, y ya no pude verla más. Yo iba con el rostro inclinado, temiendo encontrar algún conocido entre la gente que nos miraba pasar. Iba, como pueden suponer vuestras mercedes, muerto de vergüenza.

Cuando la procesión desembocó en la plaza, el capitán me buscó con la mirada entre los penitenciados. No pudo hallarme hasta que nos hicieron subir al tablado y tomar asiento en las gradas allí dispuestas, cada uno entre dos familiares del Santo Oficio; y aun así lo consiguió con dificultad, pues ya he dicho que procuraba mantener la cabeza baja, y la elevación del tablado permitía gozar de buena vista a la gente de las ventanas, pero se la entorpecía al pueblo que miraba el espectáculo desde los soportales. Las sentencias no habían sido hechas públicas aún, de modo que Alatriste sintió un extremo alivio al comprobar que yo iba en el grupo de los judaizantes menores, y sin coroza; lo que, al menos, descartaba la hoguera. Movíanse entre los enlutados alguaciles de la Inquisición los hábitos negros y blancos de los frailes dominicos organizándolo todo; y los representantes de otras órdenes —menos los franciscanos, que se habían negado a asistir por considerar agravio asignarles sitio detrás de los agustinos— ya ocupaban sus asientos en los lugares de honor con el alcalde de Casa y Corte, y los consejeros de Castilla, Aragón, Italia, Portugal, Flandes e Indias. Acompañando al inquisidor general estaba fray Emilio Bocanegra, descarnado y siniestro, en la zona reservada al tribunal de los Seis Jueces. Saboreaba su día de triunfo, como debía de hacerlo Luis de Alquézar en el palco de los altos funcionarios de Palacio, al pie de la ventana donde en ese momento el rey nuestro señor juraba defender a la Iglesia católica y perseguir a herejes y apóstatas contrarios a la verdadera religión. El conde de Olivares ocupaba una ventana más discreta, a la derecha de sus augustas majestades, y mostraba el ceño adusto. A pocos iniciados en los secretos de la Corte escapaba que toda aquella representación era en su honor.

Empezaron a leer sentencias. Uno por uno, los penitenciados eran llevados ante el tribunal y allí, tras la minuciosa relación de crímenes y pecados, les comunicaban su suerte. Los que habían de ser azotados o iban a galeras salían con sogas, y los destinados a la hoguera con las manos atadas. A estos últimos llamábanlos relajados, pues como la Inquisición era de naturaleza eclesiástica, no podía verter ni una gota de sangre; de modo que para guardar las formas se los relajaba o entregaba a la justicia seglar, para que ella cumpliese en sus carnes las sentencias. Y aun así se ejecutaba mediante hoguera, para mantener hasta el fin la ausencia de efusión de sangre. Dejo a vuestras mercedes el cuidado de valorar la muy jodida sutileza del asunto.

En fin. Sucediéronse, como cuento, lecturas, sentencias, abjuraciones de levi y de vehementi, gritos de angustia de algunos sentenciados a penas graves, resignación en otros, y satisfacción del público cuando se aplicaba el máximo rigor. El cura que negaba la presencia de Cristo en la sagrada forma fue condenado a la hoguera entre grandes aplausos y muestras de contento; y después de rayerle con violencia las manos, lengua y tonsura en señal de despojo de sus sagradas órdenes, se lo llevaron camino del quemadero, que se había puesto en la explanada que quedaba por fuera de la Puerta de Alcalá. La vieja acusada de sacadora de tesoros y hechicería quedó sentenciada en cien azotes, con un añadido de reclusión perpetua; largo se lo fiaban sus jueces. Un bígamo salió con doscientos azotes, destierro por diez años y los seis primeros remando en galeras. Dos blasfemos, destierro y tres años en Orán. Un zapatero y su mujer, judaizantes reconciliados, cárcel perpetua y que abjurasen de vehementi. La niña de doce años, judaizante, reconciliada, recibió sentencia de hábito y cárcel por dos años, a cuyo término sería puesta en casa de una familia cristiana que la instruyera en la fe. Y su hermana de diez y seis años, judaizante, fue condenada a cárcel perpetua irremisible. Habían sido denunciadas en el tormento por su propio padre, un curtidor portugués condenado a abjurar de vehementi y hoguera, que era el hombre a quien habían llevado en mula por estar tullido. La madre, en paradero desconocido, iba a ser quemada en efigie.

Además del clérigo y el curtidor salieron relajados rumbo al quemadero un comerciante y su mujer, también portugueses, judaizantes, un aprendiz de platero —pecado nefando—, y Elvira de la Cruz. Todos menos el clérigo abjuraron en debida forma y mostraron su arrepentimiento, de modo que serían piadosamente estrangulados con garrote antes de encenderles la hoguera. La hija de don Vicente de la Cruz —cuya grotesca efigie y la de sus dos hijos, el muerto y el desaparecido, estaban puestas en una grada, al extremo de pértigas— iba vestida con sambenito y coroza, y así fue llevada ante los jueces que leyeron su sentencia. Abjuró, según le pidieron, de todos los delitos habidos y por haber, con una indiferencia estremecedora: judaizante y conspiración criminal, violación de sagrado y otros cargos. Parecía muy desamparada sobre la tarima, inclinada la cabeza, con los ropajes inquisitoriales puestos como un colgajo sobre su cuerpo atormentado; y luego de abjurar oyó confirmarse la sentencia con resignada dejadez. Movióme a piedad, pese a las acusaciones que contra mí había formulado, o dejado formular; pobre moza, carne de suplicio e instrumento de canallas sin escrúpulos y sin conciencia, por mucho que blasonaran de Dios y de su santa fe. Lleváronsela, y vi que faltaba poco para mi turno. Dábame vueltas la plaza, angustiado como estaba de pavor y de ignominia. Desesperado, busqué con la mirada el rostro del capitán Alatriste o el de algún amigo que me confortase, mas no hallé alrededor ni uno que expresara piedad, o simpatía. Sólo un muro de rostros hostiles, burlones, expectantes, siniestros. La cara que adopta el vulgo miserable cuando le sirven gratis espectáculos de sangre.

Pero Alatriste sí me veía a mí. Estaba pegado a una de las columnas de los soportales, y desde allí divisaba la grada que yo ocupaba junto a otros penitenciados, flanqueado cada uno por un par de alguaciles mudos como piedras. Ante mí, precediéndome en el funesto ritual, había un barbero acusado de blasfemo y de pacto con el demonio; un hombre bajito y de aspecto miserable que lloriqueaba con la cabeza entre las manos, pues nadie iba a sacarle de encima el centenar de azotes y unos años de apalear peces en las galeras del rey nuestro señor. El capitán se movió un poco entre la gente, situándose de modo que yo pudiera verlo si miraba hacia él, pero yo no era capaz de ver nada, sumido como me hallaba en los tormentos de mi propia pesadilla. Junto a Alatriste, un tipo endomingado, grosero, hacía chacota de quienes estábamos en el tablado, indicándonos entre chanzas a sus acompañantes, y en un momento dado hizo algún comentario jocoso, señalándome. A esas alturas, en el habitual temple del capitán se había asentado la cólera impotente de los últimos días; y fue ella, sin que mediase reflexión alguna, la que le hizo volverse un poco hacia el zafio, hundiéndole, como al descuido, un doloroso codazo en el hígado. Revolvióse el otro con malas trazas, pero su protesta le murió en la garganta cuando encontró, entre el embozo del herreruelo y el ala del chapeo, los ojos claros de Diego Alatriste mirándolo con una frialdad tan amenazadora que en el acto quedó callado y prudente, como una malva.

Apartóse Alatriste un poco de allí, y al hacerlo pudo ver mejor a Luis de Alquézar en su palco. El secretario real destacaba entre otros funcionarios por la cruz de Calatrava que llevaba bordada al pecho. Vestía de negro y mantenía inmóvil su cabeza redonda, coronada por el cabello miserable y ralo, sobre la golilla almidonada que le daba una grave quietud de estatua. Pero sus ojos astutos se movían de un lado a otro, sin perder detalle de cuanto ocurría. A veces aquella mirada ruin encontraba el fanático semblante de fray Emilio Bocanegra, y ambos parecían entenderse a la perfección en su inmovilidad siniestra. Encarnaban demasiado bien, en ese momento y en tal sitio, los auténticos poderes en aquella Corte de funcionarios venales y curas fanáticos, bajo la mirada indiferente del cuarto Austria; que veía condenar a sus súbditos a la hoguera sin mover una ceja, sólo vuelto de vez en cuando hacia la reina para explicarle, tras el disimulo de un guante o de una de sus blancas manos de azuladas venas, los pormenores del espectáculo. Galante, caballeroso, afable y débil, augusto juguete de unos y de otros, hierático y mirando siempre hacia lo alto por incapaz de ver la tierra; inepto para sostener sobre sus reales hombros la magna herencia de sus abuelos, arrastrándonos por el camino que nos llevaba al abismo.

Mi suerte no tenía remedio, y de no hormiguear por toda la plaza corchetes, alguaciles, familiares de la Inquisición y guardias reales, tal vez Diego Alatriste habría hecho alguna barbaridad, desesperada y heroica. Al menos quiero creer que así habría sido, de mediar ocasión. Mas todo era inútil, y el tiempo corría en su contra y en la mía. Aunque don Francisco de Quevedo llegase a tiempo —con nadie sabía aún qué—, una vez mis custodios me pusieran en pie llevándome hasta el estrado donde se leían las sentencias, ni siquiera el rey nuestro señor o el papa de Roma podrían cambiar mi destino. Atormentábase el capitán con esa idea, cuando de pronto dio en comprobar que Luis de Alquézar lo miraba. En realidad era imposible aventurarlo, pues Alatriste se encontraba entre el gentío y embozado. Pero lo cierto es que de pronto halló los ojos de Alquézar fijos en él, y luego pudo ver que el secretario real miraba a fray Emilio Bocanegra y éste, cual si acabara de recibir un mensaje, volvíase a escudriñar entre la gente, buscando. Ahora Alquézar había alzado lentamente una mano hasta ponerla sobre el pecho, y parecía requerir a alguien más entre la multitud a la izquierda de Alatriste, pues sus ojos quedaron quietos en algún punto allí situado; la mano subió y bajó despacio, dos veces, y luego el secretario fue a mirar de nuevo hacia el capitán. Volvióse Alatriste y advirtió dos o tres sombreros que se movían entre la gente, acercándose bajo los soportales.

Su instinto de soldado actuó antes que el pensamiento tomara las disposiciones adecuadas. En tan apretada multitud resultaban inútiles las toledanas, así que previno la daga que llevaba al costado izquierdo, desembarazándola del faldón del herreruelo. Luego retrocedió internándose en el gentío. La inminencia del peligro le daba siempre una limpia lucidez, una economía práctica de gestos y palabras. Anduvo junto al palenque, vio que los sombreros se paraban, indecisos, en el sitio que él había ocupado antes; y al echar una ojeada al palco comprobó que Luis de Alquézar seguía mirando impaciente, sin que su inmovilidad protocolaria bastase a disimularle la irritación. Se alejó más Alatriste, bajo los soportales de la Carne y hacia el otro lado de la plaza, y asomóse de nuevo al tablado en aquel ángulo. Desde allí no podía verme, pero sí alcanzaba el perfil de Alquézar. Holgóse mucho de no llevar pistola —estaba prohibido, y entre tanta gente comprometía andar con ella encima—, pues le hubiese costado reprimir el impulso de subir al tablado y volarle al secretario las criadillas de un pistoletazo. «Pero morirás», juró mentalmente, fijos los ojos en el abyecto perfil del secretario real. «Y hasta el día en que mueras, recordando mi visita de la otra noche, nunca podrás dormir tranquilo.»

Habían sacado al estrado al barbero acusado de blasfemia, y empezaban a leer la larga relación de su crimen y la sentencia. Alatriste creía recordar que yo iba tras el barbero, e intentaba abrir camino para allegarse un poco más y verme, cuando advirtió de nuevo los sombreros que se acercaban peligrosamente. Eran hombres tenaces, sin duda. Uno se había retrasado, demorándose como si buscara en otra parte; pero dos —un fieltro negro y otro castaño con larga pluma— progresaban en su dirección, hendiendo la multitud con rapidez. No había otra que ponerse en cobro; de modo que el capitán hubo de olvidarse de mí y retroceder bajo los soportales. Entre el gentío no iba a tener la menor oportunidad, y bastaría que cualquiera apelase al Santo Oficio para que los mismos ociosos colaborasen con los perseguidores. La ocasión de zafarse estaba a pocos pasos. Había allí un callejoncito muy estrecho con dos revueltas, comunicado con la plaza de la Provincia, que en días como aquél la gente aprovechaba para hacer sus necesidades, pese a las cruces y santos que los vecinos ponían en cada esquina para disuadir a los incontinentes. A él se encaminó, y antes de internarse en el angosto paso, por el que no podía transitar con holgura más de un alma a la vez, atisbó sobre el hombro que dos individuos salían de entre la gente, tras sus talones.

Ni siquiera se entretuvo en mirarlos. Rápidamente soltó el fiador del herreruelo, lo hizo girar en torno a su brazo izquierdo, envolviéndoselo a modo de broquel, y desenvainó la vizcaína con la diestra; para gran espanto de un pobre hombre que vaciaba la vejiga tras la primera revuelta, que al ver aquello salió a toda prisa abrochándose la bragueta. Desentendido de él, Alatriste apoyó un hombro en la pared, que olía como el suelo a orines y suciedad. Lindo sitio para acuchillarse, pensó mientras se afirmaba volviéndose vizcaína en mano. Lindo sitio, pardiez, para ir en buena compañía al infierno.

El primero de sus perseguidores dobló la esquina del callejón, y en aquellos escasos codos de anchura Alatriste tuvo tiempo de ver unos ojos aterrados al toparse con el centelleo de su daga desnuda. Aún alcanzó un bigotazo grande, de guardamano, y unas pobladas patillas de bravonel mientras, inclinándose como un relámpago, le desjarretaba al recién llegado una corva de una cuchillada.

Luego, en el mismo movimiento hacia arriba, tajóle el cuello y cayó a medias el otro sin tiempo a decir Virgen santísima, atravesado en el callejón con la vida yéndosele a rojos chorros por la gola.

El de atrás era Gualterio Malatesta, y fue una lástima que no hubiese sido el primero. Bastó la aparición de su negra y flaca silueta para que Alatriste lo identificara en el acto. Con la persecución, las prisas y el encuentro inesperado, el italiano aún no empuñaba hierro alguno, de modo que retrocedió de un salto, con el otro aún cayéndose y atravesado delante, mientras el capitán le tiraba un jiferazo largo que erró por una cuarta. La angostura no daba lugar a herreruzas, de modo que Malatesta, cubriéndose como podía tras el compañero moribundo, tiró de vizcaína y, resguardado con la capa al modo del capitán, apuñalóse con éste muy en corto, apechugando con brevedad y entrando y saliendo de los golpes con buena destreza. Rasgaban las dagas al romper el paño, tintineaban en las paredes, buscaban al enemigo con saña, y ninguno de los dos decía palabra, ahorrando el resuello para interjecciones y resoplidos. Aún había sorpresa en los ojos del italiano —esta vez no hacía tirurí-ta-ta, el hideputa— cuando la daga del capitán hincó en blando tras la improvisada rodela de la capa, que el otro mantenía en alto mientras lanzaba mojadas por lo bajo, desde atrás del compañero que seguía atravesado entre ambos, ya con el diablo o de buen camino. Dolióse el italiano de la puñalada, trastabillló, cerró Alatriste sobre el caído, y la daga de Malatesta fue a enredarse en su jubón, tajándolo al salir mientras saltaban botones y presillas. Trabáronse por los brazos arrodelados en capa y herreruelo, tan cerca los rostros que el capitán sintió en los ojos el aliento de su enemigo antes que éste escupiera en ellos. Parpadeó, cegado, y eso dio lugar a que el otro le clavara la daga, con tal fuerza que, de no haberse interpuesto la pretina de cuero, habríalo pasado de parte a parte. Tajóle aun así ropa y carne, y sintió Alatriste un escalofrío nervioso y un agudísimo dolor al tocar el filo de acero el hueso de su cadera. Temiendo desfallecer, golpeó con el pomo de su vizcaína el rostro del enemigo, y la sangre corrióle al italiano desde las cejas, regando los cráteres y cicatrices de su piel, empapándole las guías del fino bigote. Ahora el brillo de sus ojos fijos y tercos como los de una serpiente también reflejaba el miedo. Echó hacia atrás el codo Alatriste y acuchilló innumerables veces, dando en capa, jubón, aire, pared y, un par de veces, por fin, en el otro. Gruñó Malatesta de dolor y rabia. La sangre le caía sobre los ojos y tiraba cuchilladas muy a ciegas, peligrosísimas por impredecibles. Sin contar el golpe de la frente, tenía al menos tres heridas en el cuerpo.

Riñeron durante una eternidad. Los dos estaban exhaustos, y dolíase el capitán del tajo en la cadera; mas llevaba la mejor parte. Era cuestión de tiempo, y Malatesta se resolvía a morir intentando arrastrar al enemigo con él, ofuscado de odio. Ni le pasaba por la cabeza pedir cuartel, ni nadie iba a dárselo. Eran dos profesionales avisados de lo que se libraba, parcos en insultos o palabras inútiles, acuchillándose muy por lo menudo y lo mejor que podían. A conciencia.

Entonces llegó el tercero, vestido también a lo bravo, con barba y tahalí y mucho hierro encima, doblando la revuelta del callejón y abriendo unos ojos como escudillas cuando encontróse aquel panorama, uno atravesado y muerto, dos que seguían trabados a puñaladas, y el angosto suelo lleno de sangre que se mezclaba con los charcos de orines. Tras un momento de estupor murmuró Cristo bendito y rediós, y luego echó mano a la daga; pero no podía pasar por encima de Malatesta, que ya flaqueaba sosteniéndose sólo gracias a la pared, ni salvar el obstáculo de su otro camarada para alcanzar al capitán. De modo que éste, al límite de sus fuerzas, tuvo ocasión para desembarazarse de su presa, que seguía tirándole cuchilladas al vacío. Cruzóle a Malatesta un carrillo de un postrer tajo, y gozó por fin la satisfacción de oírlo blasfemar en buen italiano. Luego le arrojó al otro el herreruelo para enredar su vizcaína, y huyó callejón arriba hacia la plaza de la Provincia, con el resuello quemándole el pecho.

Salió así afuera, recomponiéndose al dejar atrás el callejón. Había perdido el sombrero en la refriega y llevaba en la ropa sangre de los otros, mientras que la suya le goteaba por dentro del jubón y los gregüescos; de modo que, por si acaso, encaminóse para acogerse a la iglesia de Santa Cruz, que era la más cercana. Allí estuvo un rato quieto en la puerta, recobrando el aliento sentado en los escalones, listo para meterse dentro a la primera señal de alarma. Dolíase de la cadera. Sacó el lienzo de la faltriquera y, tras buscarse la herida con dos dedos y comprobar que no era grande, se lo puso en ella. Pero nadie salió del callejón, ni nadie fue a fijarse en él. Todo Madrid andaba pendiente del espectáculo.

Estaba a punto de llegar mi turno y el de los desgraciados que venían detrás. Al barbero acusado de blasfemia le adjudicaban en ese momento cuatro años de galeras y un centenar de azotes; y el infeliz se retorcía las manos en el estrado, cabeza baja y lloriqueando, mientras apelaba a su mujer y sus cuatro hijos en demanda de una clemencia que nadie iba a concederle. De cualquier modo salía mejor librado que quienes en ese instante iban, encorozados y en mulas, camino del quemadero de la puerta de Alcalá; donde antes de caer la noche quedarían convertidos en churrascos.

Yo era el siguiente, y sentía tanta desesperación y tanta vergüenza que temí faltáranme las piernas. La plaza, los balcones llenos de gente, las colgaduras, los alguaciles y familiares del Santo Oficio que me rodeaban, producíanme un vértigo infinito. Hubiera querido morir allí, en el acto, sin más trámite ni esperanza. Pero a esas alturas ya sabía que no iba a morir, que mi pena sería de larga prisión, y que tal vez fuese a galeras cuando cumpliese los años necesarios. Y todo se me antojaba peor que la muerte; hasta el punto que llegué a envidiar la arrogancia con que el clérigo recalcitrante iba al quemadero sin pedir clemencia ni retractarse. En ese momento me pareció más fácil morir que seguir vivo.

Ya terminaban con el barbero, y vi que uno de los engolados inquisidores consultaba sus papeles y luego me miraba. Aquel era negocio hecho; y eché una última ojeada al palco de honor, donde el rey nuestro señor se inclinaba un poco para comentar algo al oído de la reina, que pareció sonreír. Sin duda hablaban de caza, o se galanteaban, o vete a saber maldito qué, mientras abajo los frailes se despachaban a gusto. Bajo los soportales, la gente aplaudía la sentencia del barbero y se tomaba sus lágrimas a chirigota, relamiéndose con la perspectiva del siguiente reo. El inquisidor consultó de nuevo sus papeles, miróme otra vez y volvió a revisarlos una vez más. El sol caía a plomo sobre el tablado y me hacía arder los hombros bajo la estameña del sambenito. El inquisidor recogió por fin sus papeles y echó a andar lentamente hacia el atril, fatuo y satisfecho, disfrutando de la expectación que creaba. Miré a fray Emilio Bocanegra, inmóvil en las gradas con su siniestro hábito negro y blanco, saboreando la victoria. Miré a Luis de Alquézar en su palco, taimado, cruel, con aquella cruz de Calatrava que en su pecho quedaba deshonrada. Al menos, me dije —y era, vive Dios, mi único consuelo— no habéis podido sentar aquí al capitán Alatriste.

El inquisidor estaba ante su atril, lento, ceremonioso, a punto de pronunciar mi nombre. Y entonces, un caballero vestido de negro y cubierto de polvo irrumpió en el palco de los secretarios reales. Llevaba ropas de viaje, botas altas de montar manchadas de lodo, espuelas, y su aspecto era de haber cabalgado reventando monturas de posta a posta, sin descanso. Traía en la mano una cartera de cuero, y con ella fuese por derecho al secretario real. Vi que cambiaban unas palabras, y que Alquézar, tomando la cartera con gesto impaciente, la abría para echarle un vistazo y luego miraba en mi dirección, después a fray Emilio Bocanegra y de nuevo a mí. Entonces el caballero vestido de negro volvióse a su vez, y pude reconocerlo al fin. Era don Francisco de Quevedo.

Capítulo X

La cuenta pendiente

Las hogueras ardieron durante toda la noche. La gente se quedó hasta muy tarde en el quemadero de la puerta de Alcalá, incluso cuando los penitenciados no eran más que huesos calcinados entre pavesas y cenizas. Del resplandor de los fuegos subían columnas de humo con tonalidades rojas y grises, que a veces una racha de aire arremolinaba, trayendo hasta la muchedumbre un olor denso, acre, de madera y carne quemadas.

Todo Madrid trasnochaba allí: desde honestas casadas, graves hidalgos y gente de respeto, al vulgo más soez. Alborotaban los pilluelos, correteando en torno a las brasas, mientras los alguaciles acordonaban el lugar. No faltaban vendedores, ni mendigos que hicieran su agosto. Y a todos parecíales —o al menos así lo afectaban en público— santo y edificante el espectáculo. Aquella España desdichada, dispuesta siempre a olvidar el mal gobierno, la pérdida de una flota de Indias o una derrota en Europa con el jolgorio de un festejo, un Te Deum o unas buenas hogueras, oficiaba una vez más de fiel a sí misma.

—Es repugnante —dijo don Francisco de Quevedo.

Era el gran satírico, como referí ya a vuestras mercedes, extremado católico al modo de su siglo y de su patria; pero templaba todo ello con su profunda cultura y su limpia humanidad. Aquella noche estaba inmóvil, ceñudo, mirando el fuego. La fatiga del viaje a matacaballo marcaba su aspecto y su tono de voz; aunque en ésta, el cansancio parecía añejo de siglos.

—Pobre España —añadió en voz baja.

Una de las hogueras se desplomó chisporroteando en nube de pavesas, e iluminó junto al poeta la figura inmóvil del capitán Alatriste. La gente rompió a aplaudir. El resplandor rojizo alumbraba a lo lejos los muros de los recoletos agustinos, y a este lado la picota de piedra en el cruce de caminos de Vicálvaro y Alcalá, donde los dos amigos permanecían algo retirados. Habían estado allí desde el principio, conversando quedo. Sólo callaron cuando, luego que el verdugo apretase tres vueltas de cordel en el cuello de Elvira de la Cruz, la broza y la leña crepitaron bajo el cadáver de la pobre novicia. De todos los penitenciados, el único quemado vivo fue el clérigo; había resistido bien casi hasta el final, negándose a reconciliar con el fraile que lo asistía, y enfrentado la primera lumbre en sereno continente. Lástima que al cabo, con las llamas por las rodillas —lo quemaron piadosamente despacio, para darle tiempo al arrepentimiento— se descompusiera un poco, terminando el suplicio entre atroces alaridos. Pero, salvo San Lorenzo, que se sepa, en la parrilla nadie es perfecto.

Don Francisco y el capitán Alatriste habían hablado muy por lo menudo de mí; que a tales horas dormía, exhausto y libre por fin, en nuestra casa de la calle del Arcabuz, bajo los cuidados maternales de Caridad la Lebrijana, y tan profundamente como si necesitara —lo que era en efecto el caso— reducir mis andanzas de los últimos días a los límites de una simple pesadilla. Y mientras en el quemadero ardían las hogueras, el poeta había estado refiriendo al capitán los pormenores de su apresurado y azaroso viaje a Aragón.

La pista proporcionada por el valido había resultado oro puro. Aquellas cuatro palabras escritas por don Gaspar de Guzmán en el Prado —*Alquézar. Huesca. Libro verde*— contenían lo suficiente para salvar mi vida, parando los pies al secretario real. Alquézar era no sólo el apellido de nuestro enemigo, sino también el nombre del pueblo aragonés en que había nacido, y a donde cabalgó don Francisco de Quevedo reventando caballos de posta por el camino real —uno cayó redondo en Medinaceli— en su intento desesperado de ganar la carrera contra el tiempo. En cuanto al libro verde, también llamado del becerro, como tales eran conocidos los catálogos, relaciones o registros familiares que obraban en poder de particulares o párrocos, y que servían como pruebas de ascendencia. Llegado don Francisco a Alquézar, ingenióselas, usando de su nombre famoso y del dinero provisto por el conde de Guadalmedina, para husmear en los archivos locales. Y allí, para su sorpresa, alivio y regocijo, tuvo confirmación de lo que el conde de Olivares ya conocía merced a sus particulares espías: el propio Luis de Alquézar *no era de sangre limpia*, sino que en su genealogía familiar constaba —como en la de casi media España, por otra parte— una rama judía documentada como conversa a partir del año mil quinientos treinta y cuatro. Esos antepasados de origen hebreo refutaban la hidalguía del secretario real; pero, en un tiempo en que hasta la limpieza de sangre se compraba a tanto el abuelo, todo había sido muy oportunamente olvidado al realizar las pruebas y expedientes necesarios para que Luis de Alquézar accediese al cargo de alto funcionario de la Corte. Y como ostentaba, además, la dignidad de caballero de la orden de Calatrava, y ésta no admitía sino a gente probada como cristiana vieja y cuyos antepasados no se hubieran envilecido con la práctica de oficios manuales, eran flagrantes la falsedad documental y el monipodio. La publicación de aquella noticia —un simple soneto de Quevedo habría bastado—, respaldada con el libro verde que el poeta había obtenido del párroco de Alquézar a cambio de un lindo cartucho de escudos de plata, podía deshonrar al secretario real, haciéndole perder su hábito de Calatrava, el cargo en la Corte, y la mayor parte de sus privilegios como hijodalgo y caballero. Por supuesto, la Inquisición y fray Emilio Bocanegra, como el propio Olivares, estaban al corriente de todo ello; pero en un mundo venal, hecho de hipocresía y falsas maneras, los poderosos, los buitres carroñeros, los envidiosos, los cobardes y los canallas suelen encubrirse unos a otros. Dios nuestro señor los crió a todos, y éstos vinieron juntándose desde siempre, y bien a su gusto, en nuestra infeliz España.

—Lástima que no vierais su cara, capitán, cuando le mostré el libro verde —la voz tomada del poeta traslucía su fatiga; aún llevaba las polvorientas ropas de viaje y espuelas manchadas de sangre en las botas—. Luis de

214

Alquézar se quedó más blanco que los papeles que le puse en las manos; luego enrojeció como una llamarada, y temí fuese a sufrir una apoplejía… Pero importaba sacar a Íñigo de allí; de suerte que me arrimé un poco y dije, impaciente: «Señor secretario real, no hay tiempo para dimes y diretes. Si no paráis lo del mozo, sois hombre perdido»… Y lo cierto es que ni siquiera intentó discutir. El gran bellaco lo vio tan claro como que un día todos rendimos cuentas al Todopoderoso.

Era muy cierto. Antes que el escribano llegase a pronunciar mi nombre, y con una diligencia que mucho decía en favor de sus cualidades como secretario real o lo que se terciara, Alquézar había salido de su palco igual que una bala de mosquete, llegándose a un estupefacto fray Emilio Bocanegra, con quien cambió rápidas palabras en voz muy baja. El semblante del dominico había mostrado sucesivamente sorpresa, cólera y pesadumbre; y sus ojos vengativos hubieran fulminado a don Francisco de Quevedo si a éste, cansado del viaje, tenso por el peligro que aún me amenazaba, y resuelto a llegar hasta el final aunque fuese allí mismo y a voces, no se le hubieran dado a la sazón una higa todas las miradas asesinas del mundo. Al cabo, secándose el sudor con un lienzo, de nuevo pálido como si el barbero acabara de sangrarlo a conciencia, Alquézar regresó despacio al palco donde aguardaba el poeta. Y por fin, sobre su hombro, Quevedo vio cómo más atrás, en el estrado de los inquisidores, estremeciéndose todavía de despecho y de ira, fray Emilio Bocanegra llamaba al escribano; y éste, tras escuchar unos instantes respetuosamente, tomaba el papel que se disponía a leer con mi sentencia y lo guardaba aparte, archivándolo para siempre.

Otra de las hogueras se hundió con estrépito, y la lluvia de chispas inundó la oscuridad, avivando el resplandor que iluminaba a los dos hombres. Diego Alatriste permanecía inmóvil junto al poeta, sin apartar los ojos de las llamas. Bajo el ala del sombrero, el fuerte mostacho y la nariz aguileña parecían enflaquecerle aún más el rostro, demacrado por la fatiga de la jornada y también por la herida fresca de la cadera, que pese a no ser seria, le estorbaba.

—Lástima —murmuró don Francisco— no haber llegado a tiempo para salvarla también a ella.

Señalaba la hoguera más próxima, y parecía avergonzado por la suerte de Elvira de la Cruz. No de sí mismo, ni del capitán, sino de todo lo que había llevado hasta allí a la pobre moza, destruyendo además a su familia. Avergonzado, tal vez, de aquella tierra donde le había tocado vivir: cainita, cruel, deslumbradora en el gesto de grandeza estéril, pero indolente y ruin en lo cotidiano, de la que su hombría de bien y su estoica resignación senequista, muy sinceramente cristiana, no bastaban para consolarlo. Pues, desde siempre, ser lúcido y español aparejó gran amargura y poca esperanza.

—De cualquier modo —concluyó Quevedo—, era voluntad de Dios.

Diego Alatriste no se pronunció en seguida al respecto. Voluntad de Dios o del diablo, él seguía callado, mirando las hogueras y las siluetas de los corchetes y el gentío recortándose en el siniestro fondo de las llamas.

No había querido ir a verme todavía a la calle del Arcabuz, a pesar de que Quevedo, y luego Martín Saldaña, a quien buscaron por la tarde, habíanle dicho que de momento nada tenía que temer. Todo parecía resuelto con tal discreción que ni siquiera el bravonel muerto en el callejón salió a la luz; y nadie tenía tampoco noticias del acuchillado Gualterio Malatesta. De modo que, apenas vendada la herida en la botica del Tuerto Fadrique, Alatriste se había encaminado con Quevedo al quemadero de la puerta de Alcalá; y allí se estuvo junto al poeta, hasta que Elvira de la Cruz no fue más que huesos achicharrados y cenizas en el rescoldo de su hoguera. Por un momento, entre la muchedumbre, el capitán había creído ver de nuevo a Jerónimo de la Cruz, o al menos la sombra fantasmal en que parecía haberse convertido el hermano mayor, único superviviente de la diezmada familia; pero la oscuridad, y el vaivén del gentío, habíanse cerrado en seguida, caso de ser él, sobre su rostro embozado.

—No —dijo por fin Alatriste.

Había tardado tanto en hablar que don Francisco ya no lo esperaba, y se entretuvo en mirarlo, sorprendido, intentando averiguar a qué se refería. Pero el capitán siguió observando el fuego, impasible; y sólo más tarde, al cabo de otra larga pausa, volvióse lentamente hacia Quevedo:

—Dios no tiene nada que ver con esto.

A diferencia de los lentes del poeta, sus ojos glaucos no reflejaban la luz de las hogueras, sino que más bien parecían dos charcos claros de agua helada. Las últimas llamas hacían bailar sombras y luces rojizas en su perfil taciturno, afilado como la hoja de un cuchillo.

Yo fingía dormir. Caridad la Lebrijana estaba sentada a la cabecera de la cama, donde me había acostado después de una cena y un baño caliente en un barreño de la taberna; y velaba mi descanso mientras zurcía a la luz de una vela la ropa blanca del capitán. Yo tenía los ojos cerrados, gozando de la tibieza del lecho, en una grata duermevela que me facilitaba, además, no responder a preguntas ni referirme para nada a mi reciente aventura, cuyo sólo pensamiento —no podía olvidar el infame sambenito— aún me corroía de vergüenza. El calor de las sábanas, la bondadosa compañía de la Lebrijana, el saberme de nuevo entre amigos y, sobre todo, la posibilidad de permanecer quieto, los ojos cerrados, mientras el mundo giraba afuera muy olvidado de mí, sumíanme en un letargo parecido a la felicidad; extremada por el pensamiento de que nadie, en mi prisión, me había arrancado una palabra que incriminase a Diego Alatriste.

Tampoco abrí los ojos al oír sus pasos en la escalera; ni cuando, ahogando una exclamación, la Lebrijana tiró al suelo la labor y se arrojó a sus brazos. Estuve escuchando el rumor contenido de la conversación, varios sonoros besos de la tabernera, el murmullo de protesta del recién llegado, nuevos cuchicheos y, por fin, el ruido de la puerta al cerrarse, y pasos escaleras abajo. Creía haberme quedado solo cuando, tras un largo silencio, las botas del capitán volvieron a sonar en el piso, acercándose a la cama hasta detenerse a mi lado.

Estuve a punto de abrir los ojos, mas no lo hice. Yo sabía que él me había visto en la plaza, lleno de oprobio entre los penitenciados. Tampoco podía olvidar que por desobedecer sus órdenes habíame dejado atrapar como un pardillo, la noche del asalto al convento de las adoratrices benitas. Aún no me encontraba, en corto, lo bastante firme para afrontar sus preguntas o sus reproches; ni siquiera el silencio de su mirada. Así que permanecí inmóvil, respirando acompasadamente para fingirme dormido.

Hubo una larguísima pausa en que nada ocurrió. Sin duda me observaba a la luz de la vela que la Lebrijana había dejado encendida. No se oía un ruido, ni su aliento, ni nada de nada. Y entonces, cuando ya empezaba a dudar de que realmente él estuviera allí, sentí el contacto de su mano, la palma áspera que se posó un momento sobre mi frente, con una ternura cálida, inesperada. La dejó quieta un poco y luego retiróla bruscamente. Entonces los pasos se alejaron de nuevo, y oí el sonido de la alacena al abrirse, chocar de un vaso y una garrafa de vino, y el arrastrar de una silla.

Abrí los ojos, con precaución. En la escasa luz del cuarto vi que el capitán se había desceñido ropilla, jubón y espada; y, sentado ante la mesa, bebía en silencio. El vino gorgoteaba una y otra vez al caer en el vaso, y él lo bebía lenta, metódicamente, como si ninguna otra cosa tuviera por hacer en el mundo. La amarillenta luz de cera iluminaba la mancha clara de su camisa, el escorzo del rostro, el cabello corto, una guía del enhiesto bigote de soldado. Callado e inmóvil, salvo para beber, tenía la ventana abierta y en ella se insinuaban, entre tinieblas, los tejados y chimeneas cercanos. Y entre ellos brillaba una única estrella, quieta, silenciosa y fría. Alatriste miraba obstinado la oscuridad, o el vacío, o sus propios fantasmas vagando en la penumbra. Yo conocía bien su mirada cuando el vino la enturbiaba, y era capaz de adivinarla sin esfuerzo en ese momento: glauca, ausente. En su cintura, empapado el vendaje, una mancha de sangre crecía muy despacio, tiñéndole de húmedo rojo la camisa blanca. Parecía tan resignado y solo como la estrella que parpadeaba afuera, en la noche.

Dos días más tarde lucía el sol en la calle de Toledo, y de nuevo el mundo era amplio y lleno de esperanzas, y el vigor de mi juventud me brincaba en las venas. Sentado a la puerta de la taberna del Turco, practicando caligrafía con el recado de escribir que el Licenciado Calzas seguía trayéndome de la plaza de la Provincia, yo veía de nuevo la vida con ese optimismo y esa presteza en recobrarse tras la desgracia que sólo dan la óptima salud y los cortos años. De vez en cuando levantaba la vista hacia las comadres que vendían verduras en los puestos del otro lado de la calle, las gallinas que picoteaban desperdicios, o los galopines que se perseguían entre las caballerías y los coches de paso, o escuchaba el rumor de conversaciones dentro de la taberna. Sentíame el mozo más satisfecho del mundo. Incluso los versos que copiaba se me antojaban lo más hermoso jamás escrito:

Cerrar podrá mis ojos la postrera
sombra que me llevare el blanco día,
y podrá desatar esta alma mía
hora a su afán ansioso lisonjera…

Eran de don Francisco de Quevedo, y me habían parecido tan bellos cuando se los oí recitar como si tal cosa, entre tiento y tiento al San Martín de Valdeiglesias, que no dudé un instante en solicitar su venia para copiarlos con mi mejor letra. Don Francisco estaba adentro, con el capitán y los otros: el Licenciado, el Dómine Pérez, Juan Vicuña y el Tuerto Fadrique, celebrando todos con unos azumbres de lo fino, salchichas y liebres en cecina, el buen final del mal lance; que ninguno mencionaba explícitamente pero todos tenían bien presente en el discurrir. Uno tras otro me habían acariciado el pelo o dado un cachete cariñoso a medida que llegaban a la taberna. Don Francisco vino con un Plutarco para que con el tiempo yo practicase la lectura, el Dómine con un rosario de plata, Juan Vicuña con una hebilla de bronce que había llevado en Flandes, y el Tuerto Fadrique —que era más bien de la cofradía del codo, o sea, poco inclinado al gasto— trajo una onza de cierto compuesto de su botica, idóneo, aseguraba, para criar masa de sangre y devolver el color a un mozo que, como yo, había pasado tantos y recientes trabajos. Era, por tanto, el muchacho más honrado y feliz de las Españas cuando, mojando en el tintero una de las buenas plumas de ganso del Licenciado Calzas, proseguía:

> *Mas no de esotra parte en la ribera*
> *dejará la memoria, en donde ardía:*
> *nadar sabe mi llama la agua fría,*
> *y perder el respeto a ley severa…*

Fue en ese verso donde, al alzar otra vez la vista, mi mano quedó en suspenso y una gota de tinta cayó sobre el papel como una lágrima. Calle de Toledo arriba se acercaba un coche muy familiar, negro, sin escudo en la portezuela, con un adusto cochero arreando dos mulas. Lentamente, cual si me hallase en la confusión de un sueño, dejé a un lado papel, pluma, tintero y salvadera, y me puse en pie, estándome tan quieto como si el carruaje fuese una aparición que cualquier gesto mal calculado por mi parte pudiera borrar. De ese modo fue llegando el coche a mi altura y vi la ventanilla, que iba abierta, con las cortinas desabrochadas; y en ella una mano blanca y perfecta, y luego los tirabuzones rubios y los ojos, color de los cielos que pintó Diego Velázquez, de la niña que había estado a pique de llevarme al cadalso. Y mientras el carruaje pasaba ante la taberna del Turco, Angélica de Alquézar me miró fijamente; de un modo que, voto a tal, hizo estremecerse de arriba abajo mi columna vertebral y detenerse el corazón que me latía con fuerza, embrujado. Y de esa manera, con no meditado impulso, alcé una mano al pecho, lamentando muy de veras no llevar ya la cadena de oro con el talismán que habíame dado ella para que fuera mi sentencia de muerte. Y que, de no habérmelo arrebatado el Santo Oficio, juro por la sangre de Cristo hubiera seguido luciendo al cuello con enamorado orgullo.

Angélica entendió el gesto. Porque su sonrisa, aquella expresión diabólica que yo adoraba, iluminó su boca. Y luego llevó hasta los labios la punta de los dedos, rozándolos en algo muy parecido a un beso. Y la calle de Toledo, y Madrid, y el orbe entero, se convirtieron en una deliciosa armonía que me hizo sentir jubilosamente vivo.

Estuve en pie e inmóvil hasta mucho después de que el carruaje desapareciera calle arriba. Luego, tomando una pluma nueva, la afilé en mi jubón y terminé de escribir el soneto de don Francisco:

Alma a quien todo un dios prisión ha sido,
venas que humor a tanto fuego han dado,
médulas que han gloriosamente ardido,
su cuerpo dejará, no su cuidado;
serán ceniza, mas tendrá sentido;
polvo serán, mas polvo enamorado.

Anochecía, pero aún quedaba suficiente claridad para que no fuese preciso encender ninguna luz. La posada del Lansquenete estaba en una calle sucia, llena de malos olores y mal llamada de la Primavera, cercana a la fuente de Lavapiés, donde abrían las más bajas tabernas y bodegones de Madrid, así como las mancebías de peor calaña. Había cuerdas con ropa tendida de lado a lado de la calle, y por las ventanas oíanse discusiones de vecinos y llanto de críos. En el zaguán se amontonaba el estiércol de caballerías, y Diego Alatriste hubo de poner cuidado en no mancharse los borceguíes cuando entró al patio en forma de corrala, donde un carro desvencijado, sin ruedas, reposaba con los ejes desnudos sobre unas piedras. Después de una rápida comprobación tomó la escalera, y tras franquear una treintena de escalones y cuatro o cinco gatos que se escurrieron entre sus piernas, llegó al último piso sin que nadie lo importunara. Una vez allí estudió las puertas de la galería. Si el informe de Martín Saldaña no erraba, era la última a la derecha, justo en el ángulo del corredor. Caminó hacia ella procurando no hacer ruido, al tiempo que se recogía la capa bajo la que disimulaba el coleto de búfalo y la pistola. Había palomas zureando en el alero, y ése era el único sonido que se escuchaba en aquella parte de la casa. Del piso de abajo subía olor a estofado. Una sirvienta canturreó algo, lejos. Alatriste se detuvo, echó un vistazo en busca de una posible ruta de retirada, se aseguró de que espada y daga estaban como tenían que estar, y luego sacó la pistola del cinto y, tras comprobar el cebo, echó hacia atrás el perrillo con ayuda del dedo pulgar. Era hora de zanjar la cuenta pendiente. Se pasó dos dedos por el mostacho, soltó el fiador de la capa y luego abrió la puerta.

Era un cuarto miserable. Olía a cerrado, a soledad. Y unas cucarachas madrugadoras correteaban sobre la mesa, entre los restos de comida, como saqueadores en campaña después de una batalla. Había dos botellas vacías, una jarra de agua y vasos desportillados, ropa sucia sobre una silla, un orinal mediado en el suelo, un jubón, un sombrero y una capa negros colgados en la pared. También una cama, con una espada en el cabezal. Y en ella estaba Gualterio Malatesta.

Seguramente, si el italiano hubiese hecho un mínimo gesto de sorpresa, o de amenaza, Alatriste le habría despachado, sin decir guárdese vuestra merced, el pistoletazo que llevaba prevenido muy a bocajarro. Pero Malatesta se quedó mirando la puerta como si le costase conocer al recién llegado, y su mano derecha ni siquiera movióse una pulgada en dirección a la pistola que también él tenía prevista sobre las sábanas. Estaba recostado en una almohada, y un pésimo aspecto empeoraba su semblante patibulario, enflaquecido por el sufrimiento y la barba de tres días: inflamadas las cejas con una brecha mal cerrada sobre ellas, un apósito sucio bajo el carrillo izquierdo, palidez cenicienta en manos y rostro. Tenía el torso desnudo cruzado por vendajes calados de sangre seca, y en las manchas pardas que se filtraban por ellos Alatriste apreció un mínimo de tres heridas. Saltaba a la vista que, en la escaramuza del callejón, el sicario había llevado la peor parte.

Sin dejar de apuntarle, el capitán cerró la puerta a su espalda antes de acercarse al lecho. Malatesta parecía haberlo reconocido al fin, pues el brillo de sus ojos, exacerbado por la fiebre, se había vuelto más duro; y la mano hacía débiles intentos por empuñar la pistola. Alatriste le puso el cañón de la suya a dos pulgadas de la cabeza, pero el enemigo estaba demasiado exhausto para luchar. Había perdido sin duda mucha sangre. De modo que, tras comprobar la inutilidad de su esfuerzo, limitóse a alzar un poco la cabeza que tenía hundida en la almohada, y bajo el bigote italiano, muy descuidado ahora, apareció el trazo blanco de la peligrosa sonrisa que el capitán, a sus expensas, conocía bien. Fatigada, es cierto. Crispada en un rictus de dolor. Pero era la mueca inconfundible con que Gualterio Malatesta parecía siempre dispuesto a vivir o a bajar a los infiernos.

—Vaya —murmuró—. Pero si es el capitán Alatriste…

Su voz era opaca y débil de entonación, aunque firme en las palabras. Los ojos negros, febriles, estaban puestos en el recién llegado, ajenos al cañón de la pistola que le apuntaba.

—Por lo que veo —prosiguió el italiano—, cumplís con la caridad de visitar a los enfermos.

Reía entre dientes. El capitán le sostuvo un momento la mirada y luego apartó la pistola, aunque conservando el dedo en el gatillo.

—Soy buen católico —respondió, zumbón.

La risa corta y seca como un crujido de Malatesta se intensificó al oír aquello, extinguiéndose luego en un ataque de tos.

—Eso dicen —asintió, cuando pudo recobrarse—. Eso es lo que dicen… Aunque en los últimos días haya habido sus más y sus menos sobre ese particular.

Aún sostuvo un poco la mirada del capitán, y luego, con la mano que no había sido capaz de empuñar la pistola, señaló la jarra sobre la mesa.

—¿No os importa acercarme un poco de esa agua?… Así podréis alardear también de haber dado de beber al sediento.

Tras considerarlo un instante, Alatriste se movió despacio y fue a traer el agua, sin perder de vista a su enemigo. Bebió Malatesta dos ávidos sorbos, observándolo por encima de la jarra.

—¿Venís a matarme tal cual —inquirió— o esperáis que antes os derrote pormenores de vuestros últimos negocios?

Había puesto la jarra a un lado y se secaba desmayadamente la boca con el dorso de la mano. La suya era la sonrisa de una serpiente atrapada: peligrosa hasta el último aliento.

—No necesito que me contéis nada —Alatriste se había encogido de hombros—. Todo está muy claro: la trampa del convento, Luis de Alquézar, la Inquisición... Todo.

—Diablos. Habéis venido a despacharme sin más, entonces.

—Así es.

Malatesta estudió la situación. No parecía resultarle prometedora.

—El no tener nada nuevo que contaros —concluyó— acorta, pues, mi vida.

—Más o menos —ahora era el capitán quien esgrimía una sonrisa dura, peligrosa—. Aunque os haré el honor de considerar que no sois del género parlanchín.

Malatesta suspiró un poco, removiéndose dolorosamente mientras tentaba sus vendajes.

—Muy hidalgo por vuestra parte —señaló, resignado, la espada que pendía del cabezal—... Lástima no estar bueno para corresponder a tanta fineza, ahorrándoos matarme en la cama igual que a un perro... Pero despabilasteis bien el otro día, en el maldito callejón.

Movióse de nuevo, intentando acomodarse mejor. En ese momento no parecía guardarle a Alatriste más rencor que el de oficio. Pero sus ojos oscuros y febriles seguían alerta, vigilándolo.

—Por cierto... Dicen que el rapaz salvó el pellejo. ¿Es verdad?

—Lo es.

Se ensanchó la sonrisa del sicario.

—Que me place, voto a Dios. Es un bravo mozo. Tendríais que haberlo visto la noche del convento, intentando tenerme a raya con una daga… Que me ahorquen si me gustó llevarlo a Toledo, y menos conociendo lo que le esperaba. Pero ya sabéis. Quien paga, manda.

La sonrisa se le había vuelto socarrona. A veces miraba de soslayo la pistola que seguía sobre las sábanas; y al capitán no le cupo duda de que se habría servido de ella, si alguien le diese oportunidad.

—Sois —dijo Alatriste— un hideputa y un bellaco.

Mirólo el otro con sorpresa que parecía sincera.

—Pardiez, capitán Alatriste. Cualquiera que os oyese tomaría a vuestra merced por una monja clarisa…

Siguió un silencio. Aún con el dedo en el gatillo de la pistola, el capitán echó un detenido vistazo alrededor. La casa de Gualterio Malatesta le recordaba demasiado la suya propia como para que todo fuera indiferente. Y en cierta forma, el italiano tenía razón. No estaban tan lejos el uno del otro.

—¿De veras no podéis moveros de esa cama?

—A fe mía que no… —Malatesta lo miraba ahora con renovada atención—. ¿Qué pasa?… ¿Estáis buscando un pretexto? —volvió a ensancharse la sonrisa, blanca y cruel—. Si os ayuda, puedo contaros la de hombres que avié por la posta, sin darles tiempo a un válgame Cristo… Despiertos y dormidos, por delante y por detrás; y más de lo último que de lo primero. Así que no vengáis ahora con apuros de conciencia —la sonrisa dio paso a una risita entre dientes, chirriante, atravesada—. Vuestra merced y yo somos del oficio.

Alatriste miraba la espada de su enemigo. La cazoleta tenía tantos golpes y mellas de acero como la suya propia. Todo es azar, se dijo. Depende de cómo caigan los dados.

—Os agradecería mucho —sugirió— que intentaseis agarrar la pistola, o esa espada.

Malatesta lo miró muy por lo fijo antes de negar despacio con la cabeza.

—Ni hablar. Puedo estar hecho filetes, pero no soy un menguado. Si queréis despacharme, apretad ese gatillo y acabemos pronto… Con suerte, llegaré al infierno a la hora de cenar.

—No me gusta hacer de verdugo.

—Pues iros a tomar viento. Estoy demasiado débil para discutir.

Apoyó de nuevo la cabeza en la almohada, cerró los ojos silbando tirurí-ta-ta, y pareció desentenderse del asunto. Alatriste se estuvo de pie, pistola en mano. A través de la ventana oía el lejano reloj de una iglesia dando campanadas. Por fin, Malatesta dejó de silbar. Pasóse la mano por las cejas hinchadas, luego por el rostro picado de viruela y cicatrices, y miró de nuevo al capitán.

—¿Qué?… ¿Os decidís?

Alatriste no respondió. Todo empezaba a rondar lo grotesco. Ni el propio Lope habría osado hacer representar aquello, por miedo a que los mosqueteros del zapatero Tabarca le patearan el corral. Se acercó un poco a la cama, estudiando las heridas de su enemigo. Hedían, con muy mal aspecto.

—No os hagáis ilusiones —dijo Malatesta, creyendo interpretar sus pensamientos—. Saldré de ésta. Los de Palermo somos gente dura... Así que aderezadme de una puñetera vez.

Quería matarlo. Eso estaba fuera de cualquier duda. Diego Alatriste quería matar a aquel peligroso canalla, que tanto había amenazado su vida y la de sus amigos, y a quien dejar atrás vivo era tan suicida como tener una serpiente venenosa en el cuarto donde uno piensa echarse a dormir. Quería y necesitaba matar a Gualterio Malatesta; pero no de ese modo, sino aceros en mano y cara a cara, escuchando su resuello de lucha y el estertor de su agonía. Y en ese instante reflexionó que no había ninguna prisa, y que todo podía muy bien esperar. A fin de cuentas, por más que el italiano se empeñara y complaciese en ello, el uno y el otro no eran exactamente iguales. Tal vez lo fueran ante Dios, ante el diablo o ante los hombres; pero no en su fuero interno, ni en su conciencia. Iguales en todo, salvo en la manera de ver los dados sobre el tapete. Iguales, excepto en que, de trocar papeles, Malatesta ya habría matado hacía rato a Diego Alatriste; mientras que éste continuaba allí, la espada en la vaina, el dedo indeciso en el gatillo de su pistola.

Entonces se abrió la puerta y una mujer apareció en el umbral. Era todavía joven, vestida con una blusa y una mala basquiña gris. Traía una cesta con sábanas limpias y una damajuana de vino, y al ver allí a un intruso ahogó un grito, dirigiéndole a Malatesta una mirada de espanto. La damajuana cayó a sus pies, rompiéndose en el armazón de mimbre. Quedó la mujer incapaz de moverse ni decir palabra, con angustia en los ojos. Y Diego Alatriste supo, de un vistazo, que el miedo no era por ella misma, sino por la suerte del hombre malherido en la cama. Después de todo, ironizó para sus adentros, hasta las serpientes buscan compañía. Y se aparean.

Observó con calma a la mujer. Era cenceña, vulgar. Tenía una mocedad cansada, con cercos de fatiga que sólo cierta clase de vida imprime en torno a los ojos. Pardiez, que casi recordaba un poco a Caridad la Lebrijana. Miró el capitán el vino de la damajuana rota, que se extendía como sangre por las baldosas del suelo. Después inclinó la cabeza, desmontó con cuidado el perrillo de la pistola, y se la introdujo en el cinto. Lo hizo todo muy despacio, como si temiera olvidar algo, o estuviese pensando en otra cosa. Y luego, sin decir palabra ni volverse a mirar atrás, apartó suavemente a la mujer y salió de aquel cuarto que olía a soledad y a derrota; tan parecido al suyo propio, y a todos los lugares que él mismo había conocido a lo largo de su vida.

Empezó a reír cuando estuvo en la galería, y siguió haciéndolo mientras bajaba por las escaleras hasta la calle, abrochándose el fiador de la capa. Reía lo mismo que Malatesta había reído una vez junto al Alcázar real, bajo la lluvia, cuando vino a despedirse de mí tras la aventura de los dos ingleses. Y su risa, igual que aquélla, siguió sonando tras él mucho después de que se hubiera ido.

Epílogo

«*Parece que la guerra se reaviva en Flandes, y los más oficiales y soldados que estaban en Madrid han tomado resolución de partirse a los ejércitos, viendo el poco despacho que aquí se hace, y la ocasión que allí hay de botines y beneficios. Cuatro días ha que fuese el Tercio Viejo de Cartagena con sus cajas y banderas; que como sin duda sabe vuestra merced, fue reformado después de aquel terrible diezmo que hubo hace dos años en la jornada de Fleurus. Casi toda es gente veterana, y se esperan grandes sucesos en las provincias rebeldes.*

A otro propósito, ayer lunes fue muerto de modo misterioso el capellán de las adoratrices benitas, padre Juan Coroado. Era este sacerdote de conocida familia portuguesa, buen mozo, de gallarda planta y reconocida parola en el púlpito. Parece que estando a la puerta de su parroquia se le llegó un hombre joven embozado, y sin mediar palabra pasólo de parte a parte con un estoque. Murmuran de galanteos, o venganzas. El matador no fue hallado.»

(De los *Avisos* de José Pellicer)

EXTRACTOS DE LAS

FLORES DE POESÍA
DE VARIOS INGENIOS DE ESTA CORTE

❧❧❧❧❧❧❧❧❧❧❧❧❧❧❧❧❧❧❧❧❧❧❧❧

Impreso del siglo XVII sin pie de imprenta

conservado en la Sección «Condado de Guadalmedina» del

Archivo y Biblioteca de los Duques del Nuevo Extremo

(Sevilla).

Soneto

RONISTAS y poetas, y hasta Homero
De ti, soldado, la memoria canten,
Porque tus enemigos aún se espanten
Al recordar el brillo de tu acero.

Bredá y Ostende, Mástrique y Amberes
Teatro son de tus heroicas gestas,
Donde hubiste las armas siempre prestas
Por cumplir con tu rey y tus deberes.

Luteranos, flamencos insurretos,
Turcos, leopardos de la Ingalaterra
Probaron de tu brío los efetos.

Proclamen, pues, los cielos y la tierra
Los lances y los fechos circunspetos
De Alatriste, ¡el rayo de la guerra!

☞ DEL CONDE DE GVADALMEDINA
A CIERTO CLÉRIGO SOLICITANTE
MVY APLAVDIDO EN LA CORTE

೮೦೮ *Décima* ೮೦೮

A vos, que no reverendo,
Sino verriondo padre,
No hay beata que no os cuadre
Y a que no os holguéis jodiendo;
Vuestro hisopo, a lo que entiendo,
Debe de hallarse escocido
De andar por doquiera hundido
Y de ir de continuo arrecho,
Pues no hay coño, por estrecho,
Al que no haya bendecido.

DEL BENEFICIADO VILLASECA
CONTRA EL TENIENTE DE ALGVACILES
MARTÍN SALDAÑA

Décima

fe mía, seor Saldaña,
Que, aunque a paso vas de buey
Si te reclama la ley
A deshacer la maraña
De un mal lance, no me extraña,
Pues con tu frente la aclaras,
La rapidez con que paras
En teniente concejil,
Porque un buey hecho alguacil
Por fuerza ha de tomar varas.

☛ ATRIBUIDO A DON FRANCISCO DE QUEVEDO
PONDERA EN LAS MOCEDADES
LA NECESIDAD DE LA PRVDENCIA

ৡৼৎ*Soneto*ৡৼৎ

ELIZ, de piedra el alto muro escala
El que en lozana juventud se fía,
Pues con sus ansias mide la porfía
Y al mayor riesgo su valor iguala.

Mas temerario quiere alzar el ala
E. Ícaro nuevo, al sol con osadía
Se acerca y da consigo en la onda fría,
Donde la vida a fuer de audaz exhala.

Natural es que el pecho hidalgo empeñe
En alta meta afanes animosos
Y que su sangre moza a tal le aliente.

Mas que este grave emblema nos enseñe
Que han de guardar el juicio los briosos,
Pues no quita lo cuerdo lo valiente.

APROBACIÓN

ANDAME V. M. que informe sobre la licencia de impresión que pide
Don Arturo Pérez-Reverte para un libro suyo intitulado *Limpieza
de Sangre*, segunda entrega de las aventuras del Capitán Alatriste.
Pudiera entrar muy por lo menudo en celebrar la dulzura de su
estilo, el buen ritmo de sus cláusulas, la eloqüencia de sus dicciones, lo bien trazado
de la fábula, lo verisímil de su traza o lo provechoso del conceto, con otras subtiles
moralidades, advertencias y desengaños que so capa de honesto solaz y gustoso
divertimento en él se encierran; empero no diré más, sino que supera aquello de
Horacio, de que *aut prodesse volunt, aut delectare poetae*, pues no sólo deleita,
sino que también aprovecha, y ambas cosas en sumo grado, con lo que no cabe,
a juicio del que subscribe, mayor ponderación. Y ello sin daño ni menoscabo de
nuestra Sancta Fée Cathólica (si no miran en ello gentes de medrosa conciencia),
ni de las buenas costumbres. Y así, es mi parecer que se dé la licencia de impresión
que solicita, con lo que quedará V. M. bien servido, el auctor contento y la
república satisfecha.

Fecha en Zaragoza, y a treinta días del mes de junio, año de 1997.

El Dr. Alberto Montaner Frutos,
caballero del hábito de San Eugenio,
lector de humanidades en el General Estudio desta ciudad, &c.

Índice

Biografía

Arturo Pérez-Reverte (Cartagena, España, 1951) se dedica en exclusiva a la literatura tras vivir 21 años (1973-1994) como reportero de prensa, radio y televisión, cubriendo informativamente guerras y conflictos internacionales.

Como reportero cubrió, entre otros conflictos armados y reportajes internacionales: la guerra de Chipre, diversas fases de la guerra del Líbano, la guerra de Eritrea, la campaña de 1975 en el Sáhara, la guerra de las Malvinas, la guerra de El Salvador, la guerra de Nicaragua, la guerra del Chad, la crisis de Libia, las guerrillas de Sudán, la guerra de Mozambique, la guerra de Angola, el golpe de estado de Túnez, la revolución de Rumanía, la primera guerra del Golfo, la guerra de Croacia, la guerra de Bosnia, etc.

Desde 1991, y de forma continua, escribe una página de opinión en *El Semanal*, suplemento dominical del grupo Vocento que se distribuye simultáneamente en 28 diarios españoles, alcanzando un total de 4.500.000 lectores. Esos artículos están recopilados en tres libros: *Patente de corso* (1998), *Con ánimo de ofender* (2001) y *No me cogeréis vivo* (2005).

Retirado del reporterismo en 1994, Arturo Pérez-Reverte tiene uno de los más destacados catálogos vivos de la literatura actual. Sus novelas *El húsar* (1986), *El maestro de esgrima* (1988), *La tabla de Flandes* (1990), *El club Dumas* (1993), *La sombra del águila* (1993), *Territorio comanche* (1994), *Un asunto de honor* (1995), *Obra breve* (1995), *La piel del tambor* (1995) *La carta esférica* (2000), *La Reina del Sur* (2002), *Cabo Trafalgar* (2004) y *El pintor de batallas* (2006) siguen presentes en los estantes de éxitos de las librerías y confirman una espectacular carrera literaria más allá de nuestras fronteras, donde ha recibido importantes galardones literarios, como el pelle Rosenkratz de Dinamarca (1994), el premio Jean Monnet de literatura europea (1997) o el Mediterranée, otorgado en 2001 por la Academia Goncourt a *La piel del tambor*. Ha sido traducido a 29 idiomas.

Muchos de sus libros han sido adaptados al cine. Roman Polanski llevó al cine *El club Dumas* (*La novena puerta*, protagonizada por Johnny Depp). También se han llevado al cine *El maestro de esgrima* (Pedro Olea), *La tabla de Flandes* (Jim McBride), *Un asunto de honor* (Cachito, Enrique Urbizu), *Territorio Comanche* (Gerardo Herrero), *Gitano* (Manuel Palacios, basado en un relato corto) y *Camino de Santiago* (Robert Young, guión para serie televisiva protagonizada por Charlton Heston, Anthony Quinn, Robert Wagner y Anne Archer).

A finales de 1996 apareció el primer volumen de la serie *Las aventuras del capitán Alatriste*, que desde su lanzamiento se convirtió en un éxito completo, habiéndose vendido hasta la fecha en español más de tres millones de ejemplares, figurando en libros de texto y usándose como material de trabajo escolar en numerosos colegios españoles. Hasta ahora han sido publicados cinco títulos: *El capitán Alatriste* (1996), *Limpieza de sangre* (1997), *El sol de Breda* (1998), *El oro del rey* (2000) y *El caballero del jubón amarillo* (2003). En 2005 terminó el rodaje de la película *Alatriste*, film de alto presupuesto dirigido por Agustín Díaz-Yanes, con Viggo Mortensen encarnando al personaje. La película será exhibida en otoño de 2006.

Arturo Pérez-Reverte ingresó en la Real Academia Española el 12 de junio de 2003, leyendo un discurso titulado *El habla de un bravo del siglo XVII*. Es doctor Honoris Causa por la Universidad de Cartagena, caballero de la Orden de las Artes y las Letras de la República Francesa, y está en posesión de la medalla de la Academia de Marina francesa. En España ha recibido el premio Asturias de Periodismo por la cobertura de la guerra de los Balcanes, el premio Ondas por el programa de RNE *La ley de la calle*, los premios de periodismo González-Ruano y Joaquín Romero Murube por artículos publicados en prensa, y el premio Goya al mejor guión adaptado por la película *El maestro de esgrima*. En junio de 2005, tras la publicación de *Cabo Trafalgar*, le fue concedida la Gran Cruz del Mérito Naval, máxima condecoración que la Armada Española concede a un civil.

Febrero 2006

Títulos de la colección

Las aventuras del capitán Alatriste

VOLUMEN I
El capitán Alatriste

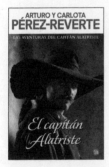

«No era el hombre más honesto ni el más piadoso, pero era un hombre valiente»... Con estas palabras empieza *El capitán Alatriste*, la historia de un soldado veterano de los tercios de Flandes que malvive como espadachín a sueldo en el Madrid del siglo XVII. Sus aventuras peligrosas y apasionantes nos sumergen sin aliento en las intrigas de la Corte de una España corrupta y en decadencia, las emboscadas en callejones oscuros entre el brillo de dos aceros, las tabernas donde Francisco de Quevedo compone sonetos entre pendencias y botellas de vino, o los corrales de comedias donde las representaciones de Lope de Vega terminan a cuchilladas.

Flandes, 1625. Alistado como mochilero del capitán Alatriste en los tercios viejos que asedian Breda, Íñigo Balboa es testigo excepcional de la rendición de la ciudad, cuyos pormenores narrará diez años más tarde para un cuadro famoso de su amigo Diego Velázquez. Siguiendo a su amo por el paisaje pintado al fondo de ese cuadro, al otro lado del bosque de lanzas, veremos a Íñigo empuñar por primera vez la espada y el arcabuz, peleando por su vida y la de sus amigos. Estocadas, asaltos, batallas, desafíos, encamisadas, saqueos y motines de la infantería española, jalonarán su camino a través de un mundo devastado por el invierno y por la guerra.

VOLUMEN IV
El oro del rey

 Sevilla, 1626. A su regreso de Flandes, donde han participado en el asedio y rendición de Breda, el capitán Alatriste y el joven mochilero Íñigo Balboa reciben el encargo de reclutar a un pintoresco grupo de bravos y espadachines para una peligrosa misión, relacionada con el contrabando del oro que los galeones españoles traen de las Indias. Los bajos fondos de la turbulenta ciudad andaluza, el corral de los Naranjos, la cárcel real, las tabernas de Triana, los arenales del Guadalquivir, son los escenarios de esta nueva aventura, donde los protagonistas reencontrarán traiciones, lances y estocadas, en compañía de viejos amigos y de viejos enemigos.

VOLUMEN V
El caballero del jubón amarillo

«Don Francisco de Quevedo me dirigió una mirada que interpreté como era debido, pues fui detrás del capitán Alatriste. Avísame si hay problemas, habían dicho sus ojos tras los lentes quevedescos. Dos aceros hacen más papel que uno. Y así, consciente de mi responsabilidad, acomodé la daga de misericordia que llevaba atravesada al cinto y fui en pos de mi amo, discreto como un ratón, confiando en que esta vez pudiéramos terminar la comedia sin estocadas y en paz, pues habría sido bellaca afrenta estropearle el estreno a Tirso de Molina…»